MAURICE CLAIROUIN

Premières Pensées

PER SEVERA

PARIS

LIBRAIRIE DE L'AVENIR ARTISTIQUE

12, AVENUE RAPP, 12

M DCCCLXXXXV

PREMIÈRES PENSÉES

PROSE

La marque de la librairie, les barres et culs de lampes de ce livre sont de M. Henri Caruchet.

MAURICE CLAIROUIN

Premières Pensées

PER SEVERA

PARIS

LIBRAIRIE DE L'AVENIR ARTISTIQUE

12, AVENUE RAPP, 12

M DCCCLXXXXV

AVANT-PROPOS

—

Nous offrons aujourd'hui aux amis de Maurice le second volume (Prose) de ses œuvres. La tâche que nous nous étions imposée de faire connaître l'esprit et le cœur de celui que nous pleurons se trouve donc accomplie. Mais nous ne voulons pas y mettre la dernière main sans remercier tous ceux qui ont bien voulu souscrire à ces deux volumes. Trop nombreux ils sont pour que leur nom puisse être gravé sur le monument élevé à la mémoire de notre cher disparu, mais nous conserverons leur souvenir au plus profond de notre cœur.

12 Octobre 1895.

L. C.
A. C.

A MON PÈRE ET A MA MÈRE

en témoignage de respectueuse affection.

M. C.

NOUVELLES

SOUVENIR

I

Je connaissais naguère, auprès d'un village de mon pays, un petit bois, où j'allais parfois, au printemps, cueillir la fraise et la myrtille avec mes camarades d'école.

Nous partions dès le matin, tout réjouis d'aller si loin seuls, une croûte de pain dans notre poche, la tête pleine de grands projets... Il y avait Jean-Louis, le fils du bedeau de la paroisse, un grand garçon maigrelet, avec ses cheveux roux ébouriffés, Joseph le fils du notaire et moi.

A peine arrivés, nous nous jetions sur l'herbe pour nous reposer de notre longue course. Puis, tantôt nous allumions du feu sur la lisière du bois, tantôt, à l'ombre des grands vergnes dont le soleil fait miroiter les feuilles argentées, nous barbotions dans le ruisseau à travers les roseaux, à la poursuite des demoiselles et des cigales.

II

L'été dernier, j'étais retourné dans ma vieille pro-
vince. Un jour je me promenais à l'aventure, je
repassai par mon petit bois. L'idée me vint d'y entrer,
et de revoir les ombrages où j'avais joué tant de fois.
Je pris le sentier qui mène à la clairière. J'allais y
déboucher quand des rires clairs et sonores, des rires
d'enfants m'en empêchèrent. Je m'arrêtai pour ne
point troubler une si douce gaîté. Cependant les rires
et les cris continuaient de plus belle ; ils m'attiraient.
J'aurais voulu voir ces enfants que j'entendais, les
regarder s'ébattre et se rouler dans la mousse. Je ne
pus résister à mon désir : je me glissai dans le
taillis, jusqu'au grand tronc d'un arbre mort,
couché à terre. Puis, sûr, de n'être point vu des
enfants, j'avançai la tête et regardai à travers les
branches : Un gracieux tableau s'offrit à moi. Sur une
escarpolette suspendue à un chêne, tout rouges de
plaisir, deux enfants se balançaient. Leurs longues
blouses de toile bleue flottaient au vent. Un autre
bambin, étendu dans l'herbe, les contemplait en
souriant.

Un petit panier, d'où sortaient des tartines était
posé près de la fontaine. Un grand chien roux, les
oreilles pendantes, semblait monter la garde devant le
goûter des enfants.

Longtemps je regardai cette scène si simple et si

naïve, souvenir vivant de ma belle jeunesse. Puis je me laissai tomber sur le tronc d'arbre et là, la tête dans mes mains, je me mis à songer.

III

Je ne sais combien de temps je restai plongé dans ma rêverie; une petite voix claire m'en tira :

— « Eh! Jacques, ...un Monsieur!... »

Je relevai la tête, les enfants m'entouraient et me regardaient tout étonnés.

L'un d'eux : « Tiens!... tu pleures, Monsieur, me dit-il. » —

Un peu honteux j'essuyai mes larmes, je souris aux enfants et je m'enfonçai dans le bois. Mais, lorsque je me retrouvai seul, au milieu du fourré, longtemps, bien longtemps je pleurai.

La nuit tombait lorsque je repris mon chemin. J'avais le cœur plus léger : il est si doux de pleurer où l'on a ri jadis.

Mars 1892

LOTCHEN

J'étais bien petit dans ce temps-là, me dit mon vieil ami Kasper Ewig, mais je me souviens encore de la misère des populations, pendant l'année qui suivit la grande invasion.

Mon père était alors notaire à Phalsbourg. Le dimanche, les gens de la campagne arrivaient en longues files à la maison, les hommes avec leurs culottes, leurs tricornes et leurs habits à larges pans, à la mode de l'ancien temps, les femmes avec leurs grandes coiffes noires et leurs jupes d'indienne. Tous avaient quelque mauvaise nouvelle à annoncer : la récolte était en retard, le garçon n'était pas revenu de l'armée il avait passé comme les autres à la grande bataille, bien sûr!... Ah, malheur! le Seigneur dut en entendre des gémissements, cette année-là!

Mon père approuvait d'un petit signe de tête et continuait à rédiger ses actes. Le clerc, Kilian, un grand garçon maigre, le nez aquilin, les lèvres serrées, le teint jaune, s'arrêtait de grossoyer et regardait, des

heures entières, les toiles d'araignée qu'on lui reprochait sans cesse de laisser au plafond. Moi aussi,
perdu dans un coin de l'étude, derrière un tas de
vieux cartons verts, bouche bée, les mains dans les
poches de mon sarrau blanc, j'écoutais et je regardais.
Ces braves paysans avaient des airs de résignation si
tristes, qu'à les voir il me prenait souvent des envies
de pleurer.

Kilian, de même, en souffrait. Parfois il s'écriait
d'un ton grave : « Ah ! si l'empereur était encore là !..
Nous avons perdu notre bon génie ! »

Mon père se retournait alors.

— « Allons, fainéant, criait-il à Kilian, travaille
donc au lieu de rester ainsi le nez en l'air comme une
cigogne qui guette les mouches sur le Münster. Tu
nous raconteras les prophéties de ta tante Margareth
à la veillée, cet hiver. »

Les paysans secouaient la tête, Kilian poussait un
grand soupir et se remettait à gratter son papier avec
acharnement.

Moi, je m'enfuyais bien vite au fond du jardin
retrouver ma petite amie Lotchen qui faisait des pâtés
de sable sur le banc avec une vieille casserole.

— « Méchant, me disait-elle en souriant, voilà une
heure que je t'attends ! Mais tu préfères rester à écouter les lamentations des gens de la campagne, perché
sur de vilains papiers poudreux. » Et elle ajoutait sur
un air de désolation bien comique dans la bouche
d'une blondine de huit ans :

« Ah ! Kasper ! tu ne m'as jamais aimée !... »

Elle avait entendu, un soir, la grande Claudia, la fille du bedeau, dire cela d'un ton navré à son galant Frantz et elle le répétait.

Moi, je ne savait pas quoi répondre, je restais là, penaud devant elle. Mais elle ne me boudait pas longtemps ; tout à coup, elle se prenait à m'embrasser, à me conter ses affaires : elle était bien désolée, elle avait cassé la tête de sa poupée, elle voulait que je lui bêche un jardinet, on l'arroserait chaque matin et il y pousserait de belles fleurs.

Le temps passait ainsi. Quand venait l'heure du déjeuner, un grand corps maigre apparaissait au-dessus de la haie du jardin, c'était le capitaine Hâzel, l'oncle et le tuteur de Lotchen, un des vieux braves du grand Empereur, tout droit dans sa longue redingote brune.

Il me souriait amicalement, puis : « Lotchen, Lotchen !... criait-il d'une bonne grosse voix, en retroussant ses moustaches grises, la soupe va refroidir !... Tu conteras tes peines de cœur à Kasper ce tantôt. »

Elle courait à lui, lui sautait au cou, il la prenait par la main et ils rentraient ainsi dans leur petite maison en riant aux éclats.

Souvent aussi, le capitaine m'emmenait promener avec Lotchen. Nous allions sur les remparts nous rouler sur l'herbe épaisse, à l'ombre des talus, au milieu des coquelicots et des pâquerettes. Le capitaine nous montrait la campagne et nous disait : là, il y avait une tuilerie que les Russes ont abattue, ici, il y avait une batterie, là-bas, voilà la route que les gueux ont suivie pour aller à Paris et mille autres choses encore qui s'étaient passées au temps du blocus. Ou bien il restait assis sur un épaulement, la tête dans ses mains, longtemps, longtemps, tout méditatif. Si je lui demandais : « Vous êtes triste, monsieur Hâzel!.. il se retournait, surpris, fixait sur moi ses petits yeux gris perçants et murmurait : « Oui. » Puis il se levait brusquement, faisait demi-tour et nous partions.

Quelquefois nous rencontrions une troupe de soldats. Il fallait le voir, alors, se redresser fièrement de toute sa taille. Ses yeux brillaient : il était content, ces jours-là et le soir, assis sous les grands tilleuls, il nous contait des histoires de batailles.

II

Ah, oui! c'était là le beau temps encore!.. A Lotchen et à moi bien peu nous importait que les alliés fussent à Paris, que l'on conspirât pour la délivrance de l'Empereur. Pourvu qu'on nous laissât faire nos dînettes, dans le jardin et que le capitaine nous fît sauter sur ses genoux, en sifflottant la charge, nous étions joyeux et contents, nous nous figurions que cela durerait toujours et que l'on est heureux toute la vie.

Mais le Seigneur en avait décidé autrement.

L'hiver qui suivit, j'eus une grande tristesse. Un matin, j'allai chercher Lotchen pour nous rendre chez la tante Grédel qui devait nous faire des *Kuchlen*. Dans la salle basse, devant le poële, les reins courbés, je trouvai le capitaine soufflant sur une tasse. Dès qu'il me vit, il posa un doigt sur sa bouche pour me recommander le silence, me montrant du geste la chambrette de Lotchen.

J'eus un frisson. Jamais la petite maison ne m'avait semblé si morne et si triste.

— « Elle dort, me dit-il. Elle ne pourra pas aller avec toi, Kasper, elle n'est pas bien. Va, ne fais pas attendre ta tante. Dimanche elle sera guérie et je vous emmènerai chez madame Florentin pour vous acheter des gâteaux.

Mais le bruit avait sans doute éveillé Lotchen, elle m'appela : « Kasper!... Kasper!... »

Je courus auprès de sa couchette. Elle me sourit, puis, me passant les deux bras autour du cou, elle me dit : « J'aurais bien voulu aller avec toi, mais, vois-tu, je crois que je suis un peu malade. Ce sera pour une autre fois, et puis tu m'apporteras du *Kuchlen*. »

Et, comme j'étais tout abattu :

« Allons, Kasper, ne te fais pas de chagrin, le médecin va venir, je serai bientôt guérie... » Puis, elle me repoussa de son petit bras maigre et s'enfonça sous ses couvertures.

Et je partis un peu consolé, car je ne me figurais pas qu'elle pût jamais mourir. Je savais bien que mon aïeule était morte et qu'elle était maintenant dans le grand cimetière, mais je pensais que l'on ne s'en allait là-bas, sous les cyprès, que lorsqu'on a des rides au front et les cheveux tout gris.

Le lendemain, Lotchen ne se leva point.

Elle avait une petite toux sèche, aigüe et de longs accès de fièvre. Le docteur Jacob vint la voir et, comme je me pendais éploré aux pans de son habit, en lui demandant si Lotchen était bien malade, il me regarda par dessus ses lunettes, puis passant la main sur mon front : « Ne te désole pas, mon enfant, me dit-il, le bon Dieu peut encore la sauver... »

Au lieu de me rassurer, cela ne fit qu'accroître ma peine. Dans mon raisonnement d'enfant je me disais : « Si le docteur Jacob, un homme si savant qui a guéri les rhumatismes de monsieur le curé Werther, dit que le bon Dieu seul peut la sauver, c'est qu'elle est bien malade ! » Alors, j'allai trouver le capitaine et je lui demandai naïvement : « Monsieur Hâzel, est-ce que les petits enfants aussi peuvent mourir ? » Il se leva, effaré, puis, comme frappé d'une pensée soudaine :

— « Mourir !... cria-t-il, mon Dieu, si elle allait mourir !... »

Je reculai, pâle, épouvanté.

Mais Lotchen m'appela. Elle était gaie, ce jour-là, de petites couleurs roses étaient revenues sur ses joues ; elle rit avec moi, me parlant des fraises que nous irions cueillir dans les bois, au prochain printemps, de la visite de Saint Nicolas qui lui avait apporté une poupée encore plus belle et mieux habillée que Gertrude, celle qu'elle avait cassée.

Je revins à la maison bien joyeux. Le père et la mère étaient dans la salle à manger, ils ne m'entendirent pas rentrer : le père disait : « Et la petite Lotchen ?... »

La mère répondit : « Ce sera pour la chute des feuilles... » Mais elle m'aperçut, s'assit, servit la soupe et se mit à manger sans rien dire.

III

Je fus bien heureux pendant les premiers jours du printemps.

Lotchen se levait et, quand le soleil paraissait, nous allions, comme auparavant, nous asseoir sous la tonnelle où les lilas commençaient à bourgeonner.

Mais elle était devenue triste, triste ; elle ne riait plus comme lorsque j'allais m'asseoir le matin au chevet de son lit : elle était toute pâlotte et toute faible. Un jour, nous voulions tirer de l'eau, pour arroser des violettes que nous avions plantées; elle laissa tomber le seau au fond du puits et il fallut au moins une heure à Kilian pour le rattraper avec un crochet.

Je lui demandais : « Tu ne m'aimes donc plus, ma petite Lotchen?... » Elle me répondait : « Oh si! Kasper, mais je ne suis plus comme dans le temps. Il me semble que je vois le beau ciel bleu pour la dernière fois!... » Et comme je l'appelais méchante :

« Non, disait-elle, Kasper, je sens bien que je vais m'en aller. On est bien heureux, là-haut, avec le bon Dieu, la Sainte Vierge et les petits anges!... Il n'y a qu'une chose qui me fait de la peine, c'est de vous laisser seuls, mon oncle Hâzel et toi... »

Mais je l'embrassais sans vouloir en écouter plus. J'étais si joyeux de la revoir jouer et courir encore avec moi, qu'il me semblait impossible d'en étre jamais séparé.

L'été se passa ainsi. L'automne vint. Un matin, je m'éveillai plus tard qu'à l'ordinaire. Tout le monde était déjà levé dans la maison. J'entendais notre servante Maria balayer le pas de la porte en jacassant avec les voisines. J'eus honte de ma paresse, je m'habillai bien vite, pour aller retrouver Lotchen. A peine débarbouillé, je courus au jardin. Je ne la trouvai pas. Ravi de la surprendre au lit encore plus tard que moi, je me glissai chez elle, j'ouvris la porte de la chambrette et j'entrai.

Je m'arrêtai anéanti. Sur sa couchette blanche, les mains jointes, les yeux fermés, Lotchen gisait. Un crucifix était posé sur sa poitrine, ses grands cheveux blonds retombaient en larges boucles sur l'oreiller.

A genoux au chevet du lit, ma mère priait. Dans le fond, le capitaine affreusement pâle, les bras croisés, la tête baissée, regardait fixement devant lui.

Je ne sais ce qui se passa en moi. Quelques instants je demeurai muet, stupide, sans force. Morte! Lotchen était morte!... Enfin je sentis ma poitrine se gonfler, j'éclatai en sanglots.

Oh! comme je pleurai alors. Je vis bien comme je l'aimais. Je me rappelais tous nos jeux sous la tonnelle, nos courses dans le jardin de la tante Grédel, nos promenades sur les remparts avec le capitaine. « Et tout cela, pensais-je, c'est fini!... Que vas-tu devenir, Kasper, ta petite Lotchen est morte!... »

Quand ma mère eut fini de prier, elle voulut m'emmener, mais le capitaine qui n'avait pas encore prononcé un mot, l'arrêta. Il posa sa main sur mes cheveux et me dit : « Tu peux rester, Kasper.... Toi aussi tu l'aimais bien.

Et je restai.

IV

Deux jours plus tard, on conduisit Lotchen en terre. Je donnai la main à ma mère pour suivre le convoi. Lorsque ma pauvre petite amie fut dans la fosse, elle me ramena à la maison. Mais, vers le soir, je m'échappai et je courus au cimetière. Je voulais aller pleurer encore devant la croix de ma Lotchen.

Je me glissai derrière les lauriers et les cyprès et j'allais arriver à sa tombe, quand je m'arrêtai. Un homme y était agenouillé, la tête dans les mains. C'était le capitaine. Blême, nu tête, ses cheveux gris au vent, le vieux soldat d'Austerlitz sanglottait.

Je n'osai pas le troubler, mais lorsqu'il se fut relevé et eut repris son chemin, je fis un détour et je le rejoignis dans le petit sentier, le long du cimetière. Je l'abordai doucement et je lui dis : « Bonsoir, monsieur Hâzel!... » Il me regarda, puis d'une voix douce : « C'est toi, Kasper, me dit-il. » Mais soudain il se prit à sifflotter entre ses dents et me montrant le ciel où les étoiles s'allumaient une à une : « Une belle soirée, dit-il, cela vous rappelle l'Italie!... » Et nous revînmes jusqu'à l'entrée de notre rue.

Le lendemain, on sut que le capitaine Hâzel s'était tiré une balle dans la tête, sur l'ancien chemin de ronde, derrière le bastion.

On le rapporta sur un brancard à la maison, et, je m'en souviendrai toujours, quand on déboutonna sa grande redingote brune, on trouva sur sa poitrine qu'il pressait encore de ses mains roidies la poupée, la petite poupée que Saint Nicolas avait apportée à Lotchen.

Avril 1892

LOUISE

I

Lorsque j'étais petit, tout petit, j'aimais déj à les choses d'autrefois. Je me souviens encore avec quelle vénération je regardais le gros missel de mon aïeule, avec ses lettres d'or et ses enluminures éclatantes. Ou bien, lorsque nous entrions dans la vieille cathédrale, comme je me sentais troublé par les hautes voûtes en ogive et les reflets rouges et bleus que le soleil lançait sur les piliers à travers les vitraux.

Plus tard, le dimanche, lorsque je m'échappais du collège, mon grand plaisir était de courir sur un petit côteau, aux environs de la ville, où se dressait un vieux château, tout gris au fond des bois, avec ses gargouilles aux grimaces étranges et ses toits moussus.

Je m'asseyais en haut d'un talus, sur le gazon, et là, je restais de longues heures pensif, me berçant doucement des bruits qui montaient de la campagne. Dans le lointain, les cloches du clocher du village sonnaient les vêpres, les chèvres passaient au-dessous de moi, dans les bruyères, en agitant leurs clochettes. Alors, je me sentais heureux de vivre : « Oh ! le bon temps !... »

II

Un jour, je gravissais, selon mon habitude, le sentier qui mène à mon vieux château, lorsque, au détour du chemin, assise au pied de la croix de pierre, je vis une fillette qui pleurait.

A ma vue, elle se leva, essuyant ses larmes du coin de son tablier. Pieds nus, court vêtue d'un petit jupon d'indienne à grandes raies bleues, ses longs cheveux noirs au vent, une baguette de coudrier à la main, elle était si mignonne et avait l'air si malheureux que je lui demandai naïvement :

« Pourquoi donc pleures-tu, petite?... »

Elle leva ses grands yeux noirs étonnés, puis elle me répondit :

— « C'est Brunette, qui s'est sauvée dans le taillis... » « elle n'est pas perdue, les gens qui font des fagots » « la ramèneront sûrement demain à la maison, mais » « ce soir... ce soir... » et elle se remit à pleurer. »

— « Ton père te battra? »

Elle secoua la tête :

— « Oh! non » dit-elle « il est bien bon, le père, » « il ne nous bat jamais, le petit et moi ; mais il a l'air » « si triste quand on l'a fâché, que l'on souffre bien » « plus que s'il vous battait. »

— « Et que fait-il, ton père?... »

— « Il est forgeron au village ; ma mère est morte » « il y a longtemps, je ne l'ai jamais connue. Elle est » « là-bas, » fit-elle, en me montrant du bois le vieux cimetière du village avec ses grands cyprès et ses croix de bois, en face de nous, sur la pente du côteau. « Je vais la voir bien souvent, je lui porte des fleurs. » « Monsieur le curé dit que ça lui fait plaisir dans le » « ciel. » — Et elle baissa la tête, pensive.

Elle la releva bientôt, Brunette sortit tout à coup du fourré en faisant mille gambades joyeuses autour de sa maîtresse. La fillette était toute rouge de bonheur : nous nous assîmes tous les deux snr la mousse et elle me conta ses petites affaires, comment elle faisait le ménage, soignait les poules et les lapins, lavait le petit frère, trempait la soupe.

Je lui dis en retour, que j'étais au collège où j'apprenais une foule de belles choses, comme user mes coudes de veste, jouer aux barres, élever des hannetons dans une boîte, pour ne citer que cela. Puis mon plaisir à venir sur le côteau écouter les oiseaux chanter dans les branches, rêver aux légendes que l'on m'avait contées sur le vieux château.

Elle m'avait écouté, attentive, surprise, comme si je lui parlais de choses toutes nouvelles sous la voûte des cieux.

A la fin elle me dit :

— « A présent, je vois bien que vous êtes comme » « moi : vous aimez les oiseaux, les fleurs et les vieilles » « tours ! »

Puis, après un instant de silence :

— « Oh ! s'il me fallait quitter tout cela, que je » « serais malheureuse !... »

Mais le soir commençait à tomber, il fallut se séparer.

Avant de partir, je lui demandai :

— « Comment t'appelles-tu?... »

— « Louise! »

— « Eh bien! Louise, veux-tu m'embrasser? »

Pour toute réponse elle me tendit son front.

Et je l'embrassai.

III

Bien des fois encore je revis ma petite amie. Je connus son père et son frère ; j'ai souvent collationné avec ces braves gens. Mais il me fallut quitter mon beau pays et mes vieux rêves. Il y a quelque temps, je rencontrai le père de Louise dans une rue de Paris. Il avait l'air encore plus triste que de coutume.

Quand il me reconnut, il devint pâle comme un mort, puis, me serrant les mains avec effusion, d'une voix entrecoupée :

— « Ah! c'est vous, monsieur, dit-il, que de fois » « Louise a souhaité de vous voir... »

Mon cœur se serra.

— « Comment, lui dis-je, Louise?... »

Le pauvre homme ne se retint plus. Il fondit en larmes, puis, me tirant sous un porche, il me conta toute sa malheureuse histoire.

Il avait été engagé par un grand entrepreneur, il y avait deux ans. Il était venu à Paris. Louise avait bien pleuré, puis elle avait semblé s'accoutumer. Mais un matin elle était tombée malade, il l'avait reconduite au pays, mais, hélas! la pauvre mignonne avait à peine pu respirer quelques jours encore l'air de son village bienaimé.

Le pauvre père en frémissant ajouta :

— « Si vous retournez là-bas et si vous passez par» « le cimetière, allez mettre des fleurs à sa petite croix. » « Elle est auprès de sa mère, à gauche, dans l'allée » « qui mène au Calvaire. Elle priera pour vous et le » « Seigneur vous bénira!... »

Avril 1892

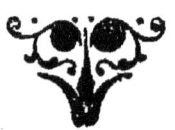

JEAN

A mes petits amis Pierre et André Ducellier.

Tout morose, petit Jean poussa un fauteuil d'osier sous le manteau de la cheminée et se prit à songer en regardant la flamme danser sur les grosses bûches de sapin.

C'était un soir d'hiver, après le souper. Le père, Gérard, le forestier, était sorti faire un tour dans les coupes pour surprendre les maraudeurs; l'aïeule endormait dans ses bras le petit frère et, devant la table, à la clarté de la lampe, la mère rapiéçait la culotte des dimanches que petit Jean avait déchirée la semaine passée en glissant sur la fontaine au sortir de la messe.

Jean, se rappelant la fessée qu'il avait reçue, était triste, triste. — « Ah! Jean, pensait-il, tu es bien le plus malheureux des petits garçons!... En ce temps-ci, tu dois rester à la maison tandis que tes camarades jouent dans la neige et se lancent des pelottes. A la belle saison, il te faut aller à l'école au lieu de courir dans les bois cueillir les coucous et les pâquerettes... Ah, vraiment!,.. les petits Bohémiens qui vagabondent dans les campagnes sont mille fois plus heureux que toi!... Ils glissent sur les mares en hiver!... Au printemps, ils se roulent dans l'herbe. Tandis que tu gémis B-A, BA, B-O, BO, et que tu regardes en soupirant le ciel bleu par la fenêtre, ils écoutent les chansons des cigales dans les sentiers et jouent à cache-cache derrière les gros arbres. Ils ont le derrière nu et les coudes de veste percés, mais ils peuvent s'ébattre à leur aise sur la mousse, au fond des taillis où poussent les petites fraises blanches et regarder des heures entières les nuages voler au-dessus de leur tête. »

Et rêvant aux longues courses sous les feuilles, aux grosses mûres qui font plier de leur poids les branches des buissons, aux baignades clandestines dans la fontaine, il répétait en secouant la tête : « Oh, oui! Les petits Bohémiens sont bien heureux, bien heureux!... »

* *
*

On frappa à la porte. — « Holà! qu'on ouvre!... cria la voix du père, voici des hôtes que je vous amène... » Et, levant lui-même le loquet, le forestier entra, poussant devant lui deux petits Bohémiens, tout blancs de givre, tout pâlots, transis de froid et de faim.

— « Allons, les garçons, » leur dit-il, « allez vous asseoir devant le feu!... Chauffez-vous et reposez-vous. La mère va vous donner une bonne assiette de soupe, vous coucherez avec les marmots et demain vous vous porterez comme eux et moi! C'est égal, ajouta-t-il avec un bon rire, vous alliez passer là une vilaine nuit, les petits!... »

Puis il raconta qu'il les avait trouvés là-bas dans les coupes, gisant dans la neige, serrés l'un contre l'autre à moitié engourdis.

Jean avait quitté son fauteuil. Caché derrière la chaise de l'aïeule il écoutait le père, frémissant, regardant avec de grands yeux étonnés les petits va-nu-pieds tendre, ravis, leurs mains à la flamme.

La mère se leva, tira du buffet les restes du souper, fit asseoir les pauvres enfants à la table, tailla leur pain, emplit leur verre. Et Jean restait tout pensif, le cœur serré. Il baissait la tête. Il avait des remords. Il songeait avx vœux qu'il formait tout à l'heure de courir les campagnes comme les petits Bohémiens. Il voyait maintenant combien ils étaient malheureux !.. L'hiver, ils n'avaient pas comme lui un lit bien chaud pour dormir, de bons parents pour l'aimer !... Ah! qu'il avait donc pensé de vilaines choses! qu'il était malheureux !... qu'il était malheureux !...

Longtemps il resta ainsi, la tête dans ses mains, le cœur bien désolé, sans pouvoir même pleurer. Enfin, comme la mère se retournait pour remettre le pain dans la huche, il se jeta devant-elle et tandis que, surprise, elle l'élevait dans ses bras et le couvrait de baisers, laissant tomber sa jolie tête bouclée sur son épaule, il éclata en sanglots en criant : « Oh! petite maman !.. petite maman... je t'aime bien !... »

..Et devant leur écuelle vide les petits Bohémiens ébouriffés, dégouttants de neige fondue, grelottant encore dans leurs loques trouées, le regardaient émus et méditatifs, pensant que Jean était bien heureux et qu'ils voudraient bien avoir, eux aussi, une mère pour raccommoder leurs culottes et les réchauffer de ses baisers.

Janvier 1893

SUZON

Au printemps, lorsque le ciel est bleu et que les pierrots babillent à l'envi sur les toits en face de ma fenêtre, je prends un livre sous mon bras et je sors. Je m'en vais, sans me presser, flâner sur les quais, sur ceux que j'aime surtout, là-bas derrière l'île Saint Louis, fureter dans les bouquins poudreux ou bien errer sur les berges.

Souvent, j'arrive ainsi jusqu'au Jardin des Plantes. Je m'asseois sur un banc moussu et j'achève le livre commencé, ou bien des heures entières, je regarde les bambins rouges de bonheur, jouer et s'ébattre à l'ombre des grands arbres.

Je me plais à voir ces enfants. Les babys aux bras nus potelés, assis sur le sable, ravis de taper sur leur seau de fer blanc avec une pelle en bois et de faire de grands nuages de poussière; les fillettes divinement mignonnes dans leurs robes blanches; les grands garçons, — ceux qui seront mis l'an prochain au collège — dans leurs costumes de marins, le béret sur l'oreille, avec des airs de crânerie bien drôles. Et puis, les petits va-nu-pieds traînant avec fracas leurs

souliers éculés, le sarrau noir déchiré, le pantalon
rapiécé retenu par des bretelles plus ou moins fantas-
tiques, joyeux, un peu éblouis au sortir de leurs
ruelles étroites et noires, de courir au soleil, dans ces
allées, de respirer cet air pur et ces parfums printaniers.

Jeudi dernier, j'arrivais à mon banc favori, au milieu
de la grande allée, le long des massifs de roses, quand
une fillette, sautant à mon cou, me cria de sa jolie
voix claire :

— « Bonjour cousin ! »

Et je reconnus Suzon, une de mes grandes amies,
jambes nues, ses grands cheveux noirs dénoués,
adorable dans sa jaquette de velours.

Avant que j'aie pu lui répondre, elle prit ma main,
m'arracha mon livre, le mit gentîment sous son bras
et me dit :

— « Que je suis contente de vous voir, consin ! vous »
« allez me raconter des histoires de fées et de belles »
« princesses, comme cet hiver, aux lundis de tante »
« Louise. »

Et m'entraînant après elle, elle me fit asseoir sur
un banc écarté, toute souriante.

Je la regardai un peu étonné :

« Comment, Suzon, lui dis-je, vous voulez que je »
« vous conte des histoires, quand il fait si bon à »
« s'ébattre et à courir!... Et que ferons-noux donc »
« au mois de décembre, quand il nous faudra rester »
« moroses au coin du feu? Voyez donc ces petites »
« filles, là-bas, comme elles jouent de bon cœur et »
« comme elles s'amusent, pourquoi ne jouez-vous »
« pas avec elles?... »

Je lui montrais du geste un groupe de fillettes du peuple qui faisaient une partie de cache-cache devant nous.

Suzon rougit. Elle jeta un regard furtif du côté des enfants et, baissant un peu la voix :

— « Oh ! dit-elle, je voudrais bien, va ! Mais mère » « le défend. Elle dit qu'il ne faut pas que j'aille avec » « des pauvresses. »

Puis avec une moue charmante :

— « Et puis tu es là, toi... »

Je suis un grand enfant. J'embrassai Suzon et je jouai avec elle. Je la fis sauter, je la menai voir les lions et les tigres à la Ménagerie, je lui contai *Cendrillon* et *Peau d'Ane*, enfin j'étais en train de commencer *l'Oiseau Bleu* quand l'horloge sonna six heures. Il fallut nous séparer. Je reconduisis Suzon jusqu'à la grille du jardin, presqu'en face de l'hôtel de ses parents. Avant de nous quitter :

— « Au revoir, cousin ! »

— « Au revoir, Suzon, à lundi ! »

— « A lundi ! »

Et se retournant encore une fois, la mignonne m'envoya un baiser.

*
* *

Je traversai une seconde fois le jardin, pour regagner les quais. Les allées devenaient désertes. Seuls, quelques petits gueux y erraient encore les mains dans les poches, baissant la tête, pensifs, comme s'ils ne pouvaient se résoudre à quitter ce bon air pour rentrer au taudis, jetant de mauvais regards sur les derniers groupes de bambins, de mamans et de bonnes qui sortaient en toute hâte.

... Cela me donna une grande impression de tristesse. Je songeai à ce que m'avait dit Suzon. Dans ce petit monde de têtes bouclées blondes ou brunes, il y a donc déjà des préjugés et des haines... Comme si les petits enfants n'étaient pas tous égaux en innocence et en pureté !

Avril 1893

ÉTUDE

A mon bon ami Edmond Sée.

I

Sur le grand quai désert où l'herbe pousse entre les fentes des gros pavés, le torse cambré dans un maillot de coton à larges barres bleues, les mains dans les poches de la culotte de velours qui tombe sur les genoux, ébouriffé, gonflant ses joues hâlées pour siffler un air vague, toujours le même, un gamin trotte.

Arrivé devant un énorme anneau de fer scellé dans une pierre, il se baisse, soulève l'anneau qui grince et retombe lourdement en tintant, puis il reprend sa course et va, va, toujours devant lui, le nez au vent, heureux.

Il vient de Bercy de ce pas, de la maison, là-bas, sur le chemin de halage, une vieille bicoque en plâtras, adossée à une usine de cribles, où toute la famille niche. On est bien un peu à l'étroit, le père, les trois frères, et la petite sœur, mais bah! on loge quand même et puis, comme disent quelquefois les compagnons quand ils passent le matin chercher le père, n'avoir pas de termes à lâcher ça vaut bien qu'on se gêne un peu. On n'y vit pourtant pas comme des

princes; mais non!... Du temps de la mère encore
ça n'allait pas mal. Elle travaillait chez une blanchis-
seuse du boulevard de Picpus. Tous les jours, dès
l'aube, elle prenait son panier d'une main, la marmaille
de l'autre et l'on partait par la grand'route au pas, en
traînant les souliers, pour la boutique bleue où l'on
passait sa journée à se rouler dans les tas de linge ou
bien à mettre du charbon dans le réchaud aux fers;
d'autres fois, l'on s'échappait et l'on courait au marché
aux chiens jeter des pierres aux cabots pour les faire
japper.

A midi, la mère allait porter à manger à son homme
sur le quai, où il déchargeait les bateaux. A une heure
elle était revenue, on déjeunait, puis le soir à la nuit
on regagnait Bercy et l'on rentrait à la cambuse,
échiné, moulu, les paupières à moitié closes, mais,
comme elle disait, « c'est-il pas la vie de se crever?»

A ce métier-là elle n'avait pas fait de vieux os. La
semaine de Noël de l'autre année, un matin, malgré
une toux de diable, elle avait voulu quand même
aller au lavoir. Elle n'avait plus revu la maison. Les
crampes et les vomissements de sang l'avaient prise,
on l'avait emportée à l'hôpital et trois jours après elle
était avec tant d'autres, sous l'herbe et les croix de
bois cassées, dans le cimetière d'Ivry.

Depuis, c'était lui, Fernand, qui faisait tout marcher
dans le ménage. Dès patron-minette, il réveillait les
mômes, les lavait, les débarbouillait, administrait des
gifles à Emma quand elle rechignait devant la cruche
à débarbouiller. La mère n'était plus là, fallait bien la

remplacer, quoi! Comme elle aussi il allait porter les deux livres et le fricot du père, mais pas de vin. Le débardeur n'en buvait plus : ces bougres de gosses, ça boulotte tant! Vrai, c'était dur, et si, chaque samedi, à la porte de M. Bernard, l'entrepreneur, il n'avait pas vu, accroupi contre la borne, Fernand qui l'attendait, — encore une habitude de la mère, — il aurait été chez le « Vins-Liqueurs » trinquer sur le zinc avec les autres. Mille tonnerres! trimer toute la semaine et ne pas pouvoir siroter un demi! Il se retenait pourtant et le dimanche, passant son bourgeron bleu, la taille serrée de la grande flanelle rouge, il trimballait les petits au Jardin des Plantes aux fortifs d'en face Bicêtre, le long de la Bièvre. On s'étendait sur l'herbe dans le fossé, le ventre en l'air, vers le beau ciel. Bon Dieu! on était bien!...

II

Cela sent bon un pain chaud. Avant de passer le pont d'Austerlitz, Fernand est monté le chercher chez le boulanger, sur le boulevard de l'Hopital et le voilà qui redescend sur la berge, son pain sous son bras, le flairant, très fier de pouvoir se retenir et de ne pas y mordre comme quand il était tout petit.

Houp! l'écluse est passée. L'éclusier a ragé parce qu'un bateau attendait et que le gamin ne voulait pas ficher le camp de la passerelle. Il l'a même menacé de sa botte quelque part. Ah, oui! Fernand voulait bien voir!.... Dirait-on pas, un éclusier.... Il a une veste blanche avec des galons d'argent, et puis après? Il n'y a pas de quoi faire le malin. Ces gens-là c'est comme les flics, ça se croit tout permis. Et le gamin va toujours, tirant un peu la jambe.

Voilà les bateaux de sable. Tiens! la grue n'est plus là... C'est pourtant drôle de voir tourner en l'air les bassicots pleins. Quand ils sont bien au-dessus du tas, le mécanicien lâche un système et pchtt! ça y est, tout le sable tombe en belle pluie d'or sous le soleil.

On aperçoit enfin le chantier du père, tout au bout du quai, le bateau d'où il tire les moëllons depuis cinq jours, le grand goudronné, avec une lanterne rouge à l'avant pour empêcher les vapeurs de l'accrocher la nuit. Voilà donc pourquoi la grue n'est plus au sable. On l'a mise aux moëllons; les débardeurs les entassent dans les bassicots, la grue les prend et d'un seul coup emplit un tombereau. Le chargement n'est pas très bien fait parce que les moëllons sont mal rangés, mais ça ne fait rien, on va plus vite. Les compagnons en ont du mal, oui, ils en ont!... Regardez-les là-bas! Voyez un peu le grand Jacques avec sa large poitrine brunie luisante au soleil, nu jusqu'à la ceinture, ses cheveux clairs tombant sur le front, passant la planche sa brouette au dos.. C'en est-il un homme! Un presque aussi rude que le père! Mais où donc est-il le père? Il n'est plus à la brouette. Est-ce lui qui aide les charretiers à caler leurs voitures pour les faire remplir. L'homme tourne le dos, on ne peut pas le reconnaître.

Ding!.. Ding!.. Ding!.. Midi sonne à Notre-Dame

qui dresse son profil gris, ses grosses tours et sa flèche noire, dans le ciel bleu, au fond de l'horizon au-dessus des barres grillagées des ponts. Voici le repos, tout va s'arrêter. Le mécanicien se baisse, la machine siffle, le compagnon va ramasser sa blouse qui flotte au vent, tenue par une pierre, là, derrière le grand tas de moëllons.

Mais quoi!... Voici qu'on attache encore un bassicot, le voilà qui monte, qui monte... et l'homme, l'homme derrière le tas... mais cela va lui... Le bassicot tourne. Clic. Un grand roulement, l'homme s'abat.

Le petit s'arrête net, relevant d'une secousse son pain sous son bras... Ah! le pauvre!... Encore un de moins! Zut, va!

Qui est-ce?... Mais ci c'était!.. Non, c'est idiot le trac. Le père est à entasser les moëllons dans le bateau. Instinctivement pourtant il reprend sa course, il court, il court. Le voici au chantier. Les compagnons entourent un corps inanimé qu'ils viennent d'étendre sur les pavés, un moëllon sous la tête. A la vue de l'enfant, ils s'écartent, se regardant tout bêtes. C'est le père.

Le petit n'a pas un cri. Il porte la main à sa poitrine : cela se casse dans son cœur; enfin, contemplant bien en face le cadavre, sans un sanglot encore, un peu pâle seulement, son gros pain enfariné sous le bras, songeant aux petits frères qui vont crever de faim maintenant que le père aussi est mort :

— « Pauvres gosses!... »

Août 1893

IDÉAL

A René de la Palme

Pierre était poète. Ce n'était pas le grand spectre mélancolique aux yeux bleus limpides que l'on aime à voir dans un roman, soupirer au clair de lune, des couplets à sa belle. — Non, c'était un bon et brave garçon d'allures franches et gaies. Il vivait avec son père et sa mère, là-bas auprès du Luxembourg, tout en haut du Mont Parnasse. Sa famille avait connu l'aisance jadis, mais des revers de fortune étaient survenus et c'était à peine maintenant si le modeste emploi du père parvenait à suffire aux exigences de la vie commune. Il faisait ses classes à Louis-le-Grand, isolé au milieu de ses nombreux camarades, lié tantôt avec l'un, tantôt avec l'autre, mais jamais d'une de ces affections solides qui, plus tard, dans le cours de l'existence, ne font que croître et se fortifier.

Bien souvent il avait attiré leur attention en les amusant de folles histoires que sa verve inépuisable n'avait pas de peine à inventer, mais aucun d'eux n'avait su reconnaître en lui, sous son rire joyeux, le rêveur et l'artiste, le poète.

Il l'était pourtant. Tout enfant encore, il avait couvert ses cahiers de rimes confuses, images de son cœur simple et naïf. Puis il avait appris les règles de l'harmonie et avait accoutumé sa pensée à les respecter. Enfin il était devenu vraiment poète, laissant s'écouler en phrases cadencées, son âme tout entière.

Il avait dix-huit ans, l'avenir s'ouvrait devant lui sombre désespérément. Sans aucune fortune personnelle, il lui fallait se créer une position ou, comme disent les travailleurs moins scrupuleux sur le mot : gagner son pain.

Et dans ce but, après bien des conseils tenus, après le repas du soir, entre le père, la mère et le fils, il avait été décidé qu'aussitôt son diplôme de bachelier ès-sciences en poche, il prendrait ses inscriptions à l'Ecole de Médecine. « Oui, c'était là le plus sage », disait le père, « en travaillant bien, tu peux emporter une place d'interne, c'est une position sûre qui te permettra de finir tes études médicales sans que tu nous coûtes trop cher et une fois docteur, ton oncle Mirbeau, médecin à Crépy-en-Valois, qui est âgé, qui ne peut plus guère supporter les courses en voiture l'hiver, avec ses rhumatismes, sera heureux de te laisser sa clientèle et même de te confier la destinée de sa fille unique Geneviève. »

Ainsi donc, voilà l'avenir qui s'offrait aux yeux de Pierre : Médecin de campagne, avec pour compagne une vieille fille confite en dévotion sans doute... C'est par cette perspective désespérante qu'il lui fallait remplacer les rêves si beaux qu'il avait formés sur les bancs du lycée, ces rêves où une vision céleste lui apparaissait et lui disait : « Marche, marche, Dieu t'a donné le génie, il guidera ta course errante... Va, poursuis ton idéal. Barde, prends ton luth, chante le Beau, le Vrai, le Bien, le Printemps qui renaît, l'Aurore, les Bergers, chante les Héros, les tournois et l'Amour. »

Au lieu de ces beaux rêves, la mère, le soir, morose et aigrie, lui parlait de places, d'argent, des nécessités de la vie.

Le poète l'écoutait en silence et lorsqu'il se retrouvait seul dans sa chambrette, le front entre ses mains, il songeait. De grosses larmes amères coulaient lentement sur ses joues et le doute déchirant s'emparait de son âme : « Cette voix qu'il croyait lui parler, qui le forçait frémissant à jeter sur le papier des strophes harmonieuses, n'était-elle pas une hallucination de son pauvre cerveau malade? » — Oh! qu'il souffrait alors!... Mais soudain il relevait la tête, sa poitrine se gonflait, tout son sang affluait à ses tempes, et les vers couraient, couraient sous sa plume, graves ou sonores, mélancoliques ou joyeux.

II

A sa sortie du lycée, Pierre passa avec succès son baccalauréat ès-sciences et trois mois après il prit ses inscriptions, ainsi que son père et sa mère le désiraient tant; et il se mit au travail avec ardeur.

C'était l'automne, il suivait matin et soir, pour se
rendre à l'Ecole, la longue avenue de l'Observatoire.
Songeur et mélancolique, il allait à petits pas, regardant les feuilles tomber une à une. Parfois il s'asseyait
sur un banc, le regard fixe, comme dans une contem-
plation intérieure, et lorsque sa pensée, son rêve,
avaient pris une forme concrète, il saisissait son
crayon et son cahier et il transcrivait un sonnet
gracieux ou des stances profondes.

Puis il rentrait au domicile paternel, travaillait
jusqu'à minuit, pour préparer le cours du lendemain,
et se retirait dans sa chambrette et lorsque sa petite
lampe s'éteignait enfin, la pensée du poète s'était
fixée en vers harmonieux, son œuvre s'était accrue
d'une page.

III

Un jour, il aima. Ce fut un amour pur, chaste,
idéal, presqu'une adoration.

Le printemps était venu. Souvent, le soir, pour se
délasser des travaux de la journée, Pierre sortait,
descendait sous les grands tilleuls, l'allée de l'Observatoire, et traversait le jardin du Luxembourg. Il
avait pris l'habitude de s'asseoir sur un banc, là-bas,
auprès de la fontaine.

Il s'y installait de longues heures et rêvait.

En face, toute gracieuse avec ses murs tapissés de
glycines et de lierre retombant en festons des balcons
à encorbellement, s'élevait une de ces jolies maisons

dans l'ancien style, svelte, élégante dans son irrégu-
larité, avec son encadrement de grands arbres et de
massifs de géraniums et de roses. Pierre l'avait admiré
bien des fois, ce petit hôtel. Bien des fois il l'avait
envié. « Quelle douce vie l'on y mènerait, avec une
femme aimée, entouré de blondins au mignon babil !
Oh ! comme on y vivrait tranquille, insoucieux du
reste du monde, dans son bonheur à deux, dans ce
nid perdu au milieu de la verdure, tout embaumé
du parfum des fleurs ! »

Un soir, pour la millième fois peut-être, il se laissait
bercer par sa chimère favorite, souriant en pensée à
la fenêtre en ogives que les roses grimpantes cachaient
à demi, quand soudain elle s'ouvrit. Une délicieuse
jeune fille apparut. Perdu dans l'ombre des tilleuls,
Pierre put la contempler à son aise. La lune, de sa
blanche clarté, éclairait cette douce figure toute
empreinte encore de grâce et de naïveté enfantines.
La pièce où se tenait la jeune fille, était une chambrette simple et pourtant exquise de bon goût, entièrement tendue de gaze blanche et de satin rose, sur
le fond de laquelle, la lueur d'une lampe profilait
comme une apparition, sa taille fine et bien prise dans
sa robe de tulle blanc. La jeune fille rêvait et son sourire montrait qu'elle se laissait bercer par une douce
pensée, un souvenir, une espérance peut-être ! — Qui
sait à quoi rêvent les jeunes filles de seize ans ? L'air
frais du soir faisait frissonner autour d'elle les tentures
de la fenêtre, elle semblait heureuse de ce doux fré-
missement, elle s'enivrait de cet air pur et des parfums printaniers qui lui venaient de tous côtés.

Longtemps elle resta ainsi, enfin elle secoua la tête, comme pour s'arracher à sa chimère, elle se rejeta en arrière, ferma la fenêtre et disparut.

Ce soir là, quand il fut de retour dans sa modeste chambre, Pierre ne songea point à l'œuvre commencée. Pour la première fois il songea au grand mystère qui rend les chansons aux nids, la joie aux gueux sous le chaume, il rêva d'amour...

*
* *

Le lendemain et bien des fois encore, il revit sa blanche apparition, la belle enfant au sourire naïf et rêveur. Chaque soir, il allait sur le vieux banc, prendre sa place accoutumée et là, perdu dans l'ombre, ignoré, il était heureux de voir celle qu'il aimait, de murmurer tout bas des vers qu'elle n'entendait pas, et lorsqu'elle avait fermé la croisée, d'envoyer des baisers qu'elle ne voyait pas.

Les âmes vulgaires ne comprennent pas un pareil bonheur. Le poète, au printemps de la vie, est comme l'oiselet à la saison nouvelle, il sent, au fond de son cœur, un irrésistible besoin d'épanchement et d'amour.

*
* *

Avec la belle saison, la blanche apparition disparut, emportée par les conditions d'une existence luxueuse, vers les rivages de la mer ou les ombrages de la campagne.

Un matin de novembre, Pierre, en se rendant à l'Ecole, sentit son cœur battre à rompre sa poitrine, lorsqu'en passant devant le petit hôtel, il s'aperçut que plusieurs fenêtres, closes depuis longtemps, avaient été rouvertes. Nul doute, elle était revenue! Peut-être allait-il la revoir! Il s'assit à sa place accoutumée et attendit. La brume de la nuit commençait à se dissiper. La brise du matin faisait gémir les branches des grands tilleuls d'où les feuilles commençaient à tomber une à une, comme à regret.

Tout à coup, la porte cochère de l'hôtel s'ouvrit à deux battants. Gracieuse et souple dans sa longue robe noire d'amazone, bien en selle sur son bel alezan, la jeune fille, suivie de son père, s'élança, heureuse de sentir frémir sous elle son noble cheval.

A cette vue, Pierre sentit son cœur bondir dans sa poitrine, il se souleva comme touché par une commotion électrique et retomba sur son banc où il demeura rêveur... son rêve dura longtemps.

Tout à coup, des cris d'effroi se font entendre, Pierre lève la tête, et, spectacle affreux, il reconnaît de loin sa belle inconnue emportée par son cheval. La bête affolée bondit éperdûment, d'une seconde à l'autre, la jeune fille va être désarçonnée... Pierre s'élance, saisit la bride et s'y cramponne désespérément. L'animal, furieux d'être arrêté dans sa course vertigineuse, se cabre, se débat et d'un de ses pieds de devant, lance une ruade qui atteint en plein front Pierre, qui tombe le crâne fracassé. Mais ce temps d'arrêt a suffi à la jeune fille pour sauter lestement à terre et, lâchant la bride de son cheval, qui reprend sa course vertigineuse, elle se précipite vers son sauveur. Pâle, mourant, Pierre a encore la force de se soulever et de lui sourire, et tirant de sa poitrine un papier : Je meurs, dit-il, adieu!... Oh! je vous ai bien aimée!... Puis il sourit encore à la jeune fille et meurt.

Blanche sentit son cœur se serrer, en proie à une inexprimable angoisse, elle suivit les gens qui emportaient le corps du malheureux jeune homme, qu'on déposa sur le vieux banc où il avait fait tant de beaux rêves en face de celle qu'il aimait. Les dernières paroles du mourant lui avaient dévoilé bien des choses. En face de ce corps inerte, du pâle et beau visage ensanglanté de cet enfant de vingt ans, mort pour la sauver, elle comprit quelle était cette ombre mystérieuse entrevue souvent, le soir, sous sa fenêtre, elle sentit de quel amour profond et idéal elle avait été aimée. Déroulant le papier que lui avait tendu le mourant, elle lut au travers des larmes qui inondaient son visage :

Vous ne saurez jamais, ô rêve bien-aimé,
Blanche apparition, idole de ma vie,
Objet de mon amour et de ma chaste envie,
Le secret de mon âme en mon âme enfermé.

Oui, mon songe est trop beau. Je quitterai la terre,
Où je vous ai connue, où j'ai souffert, pleuré,
Après avoir suivi, pauvre amant ignoré,
Qui ne pensa qu'à vous, sa route solitaire.

Frêle lys dédaigné qu'un soufle va briser,
·O mort je vois pourquoi le doux poète t'aime,
Et je crois qu'aujourd'hui je t'aimerais moi-même,
Si sur mon front glacé je sentais son baiser!

Alors, s'agenouillant près du corps de son amant,
elle passa ses bras autour de son cou et posa un baiser
sur son front glacé.

* *
* *

Quelques mois plus tard, j'étais en visite chez la
comtesse de ***, où j'appris que Mademoiselle
Blanche de Mornay, qui voulait prendre le voile,
malgré l'opposition de sa famille, venait de succomber
à une maladie de langueur dont elle était atteinte
depuis le jour où elle avait failli être tuée par son
cheval emporté.

Le Seigneur avait réuni les deux âmes sœurs.

Elles sont peut-être heureuses là-haut au-delà des
étoiles!...

Octobre 1893.

Cette nouvelle est la dernière que Maurice ait écrite, sa mort, 28 octobre
1893, est survenue avant qu'il ait eu le temps d'écrire les vers.

Nous avons prié M. René de la Palme, son ami, auquel la nouvelle était
dédiée, de combler cette lacune. Inspiré par l'affection qu'il avait pour
Maurice, il a écrit ces jolies stances, si touchantes, si vibrantes de sentiment. Nous l'en remercions du plus profond du cœur.

L. C.
A. C.

LÉGENDES ET RÉCITS

LES TROUVÈRES

CONTE FANTASTIQUE

C'est une histoire de mon jeune temps que je vais te conter, mon fils, me dit Thibault, le vieil arbalétrier, puis passant sa main sur son front, il réfléchit un instant et, se courbant vers moi, il commença en ces termes :

« C'était il y a quelque soixante ans, dans ce château, dans cette même grande salle où je te parle, un jour d'hiver. Après le repas du soir, selon la coutume, seigneurs et dames, jouvenceaux et jouvencelles, pages et varlets, tous s'étaient réunis autour du foyer. Dehors, le vent sifflait sur les tourelles, l'on entendait la pluie grésiller sur les vitraux et la rafale faire grincer les girouettes. Nul n'était triste cependant. Perchés sur leurs escabelles, s'ébaudissant au rire clair des demoiselles qu'éjouissaient leurs gais propos, les pages devisaient joyeusement. Des écuyers jouaient aux dés, et dans le fond, là-bas, près de la fenêtre, Gaucher Têtry, le timbalier, tenait les mains de Loyse, sa fiancée, en lui parlant tout bas. »

« Seuls, assis dans leurs chaires seigneuriales, presque sous le manteau de la cheminée, monseigneur Aymar notre sire et madame Yolande, la comtesse, ne se mêlaient point à la gaîté commune. Blotti entre les jambes de mon grand-père qui me contait des légendes des paladins du roi Arthur, je les regardais parfois tout surpris. Oh! je crois les voir encore; là, accoudé sur le haut faldesteuil à pieds de cigogne, le visage morose, jeune pourtant, malgré les rides qui commençaient à sillonner son front, le comte jetant de temps en temps un regard pensif sur la flamme qui danse au fond de l'âtre; et près de lui, toute raide dans son justaucorps de velours violet, les lèvres plissées par un demi-sourire hautain et dédaigneux, la comtesse flattant nonchalamment son beau lévrier gris accroupi à ses pieds. »

« Leurs airs sévères ne m'effrayaient pas. Je me sentais heureux, sur mon coussin de soie, dans la bonne chaleur du foyer, bercé par la voix de mon aïeul qui me répétait, pour la centième fois peut-être, l'histoire du preux chevalier que vous savez, qui défit, une nuit de Noël, dans une lande déserte, avec la seule aide de Madame Marie et de sa bonne lance, six cents Normands félons qui avait voulu brûler son manoir et outrager sa fille. »

*
* *

« Or, mon digne grand-père m'expliquait comment un saint ermite qui ne vivait que d'herbes et de racines,

calma la tempête qui menaçait d'engloutir le preux
chevalier, lorsque soudain la cloche de la poterne
résonna.

— « Par Saint Bavon ! s'écria un archer, qui peut
bien sonner à cette heure?... Qui a pu traverser la
lande, par cette nuit où Satanas lui-même ne retrou-
verait pas son chemin? »

Le comte se leva :

— « Quelque voyageur égaré, prononça-t-il... Ça,
mes féaux, qu'on lui fasse place au foyer et qu'on
s'empresse autour de lui dès qu'il paraîtra. Le malheureux doit être exténué de fatigue et de faim... »

Mais il s'arrêta, un homme entrait.

Grand, sec, bien serré dans un long pourpoint
rouge, le regard vif et perçant, il promena rapidement
son regard sur l'assemblée, puis, d'une voix grave et
sonore : « Merci, comte, dit-il, la nuit est noire et la
lande est déserte, mais j'avais un manteu et des provisions ; je n'ai besoin de rien, je ne suis qu'un Trouvère
qui sera satisfait s'il peut te réjouir, toi et les tiens, de
ses récits d'aventures, d'amour et de prouesses guer-
rières... »

Et chacun le vit avec étonnement, sans même s'ap-
procher du foyer, tirer un rouleau de parchemin de sa
poitrine, nous toiser du regard une fois encore et
attendre debout la réponse du comte.

Celui-ci ne parut point surpris des manières de
l'inconnu, ni de son tutoiement. Nul n'ignore que
poètes et scribes sont gens fort orgueilleux de nature
qui ne se gênent point pour prendre leur franc parler.

— « Trouvère, répondit messire Aymar, j'aurais été heureux de t'offrir l'hospitalité, mais si tel est ton bon plaisir de ne pas l'accepter, sois quand même le bienvenu parmi nous, chante-nous tes poèmes et sois certain que je saurai te faire un présent digne de ton art et de toi. »

L'homme sourit dédaigeusement, puis se prépara à nous dire sa geste.

Je ne sais pas alors ce qui se passa en moi. Comme je posais doucement ma tête sur les genoux de mon aïeul pour mieux entendre le Trouvère, il me sembla qu'un grand nuage passait devant mes yeux. Quand il eut disparu, tout avait changé d'aspect dans la salle. Au lieu des physionomies enjouées et joyeuses que j'apercevais de tous côtés, un instant avant, je ne voyais que des visages anxieux et sombres. La comtesse que le son de la cloche n'avait pas même fait tressaillir, s'était retournée et me semblait regarder fixement l'inconnu.

L'éclat des lampes frappait en plein son visage. Je la voyais bien en face, très-noble, très-belle, grande, svelte, la taille bien prise dans son justaucorps, mais son regard avait je ne sais quelle fixité étrange qui me troublait.

Je me sentis saisi d'une vague crainte. Toutes les méchancetés et vilenies que j'avais entendu débiter sur son compte me revenaient à l'esprit. J'entendais les commères se les répéter à l'oreille, je les voyais faire leurs mômeries, se signant à chaque mot, avec des mines épouvantées.

C'était, disait-on, le mauvais génie de la maison de
Kervez, une femme des pays du sud où *oïl* se dit *oc*,
quelque chose comme une Egyptienne ou une Véni-
tienne, à moins qu'elle ne fût fille des hérétiques de
Tolose et d'Albi, contre qui Messire Simon faisait
croisade. Nul enfin ne savait d'où elle était au juste,
ni d'où elle venait. Après la mort de Madame Anne
sa première femme, messire Aymar s'était rendu à la
cour de notre roi, monseigneur Louis de France — à
qui Dieu bonne merci fasse! — et il l'avait épousée.
Un beau jour il l'avait amenée au château et c'est dès
lors qu'avait commencée la suite de ses crimes et de
ses menaces. Elle avait chassé tous les vieux serviteurs
de la famille, elle n'assistait jamais aux offices, elle se
querellait enfin tant et tant avec messeigneurs Hugues
et Roger, ses beaux-fils, qu'ils avaient, il n'y a pas
trois mois encore, été forcés de quitter le château,
pour aller, disaient-ils, faire la guerre en Albi. Mais
personne ne les avait crus. Ce n'était pas, quand on
était, comme monseigneur Hugues, un pauvre gentil-
homme difforme et maigrelet, que l'on allait tournoyer
contre les infidèles! Bien sûr ils fuyaient la méchanceté de la marâtre....

Sans m'en apercevoir, je m'étais endormi et ce
changement, ainsi que ces pensées, n'étaient que le
commencement du rêve affreux que je fis et que je
veux te dépeindre tel que je crois encore le voir
devant mes yeux.

Devant la croisée dont la bise furieuse fait grincer les auvents, le Trouvère debout, drapé dans sa cape, le regard étincelant d'une fauve lueur, semble attendre. Tous se taisent anxieux.

Soudain, l'homme lève le doigt.

— « Ecoutez!... » dit-il.

Tous tressaillent; la cloche vient de résonner une seconde fois. Un instant après, une sorte de nain, bossu, vêtu d'une braie bleue et verte, une guitare sur l'épaule, entre en saluant dans la salle.

Il va droit au Trouvère en lui tendant la main : — « Frère, murmure-t-il, me voici. »

Puis il s'accroupit à ses pieds et, les yeux levés au ciel, il commence à tirer de sa guitare des sons graves et déchirants, prélude d'une geste plus déchirante encore.

Le Trouvère chante : il nous dépeint un noble chevalier chéri de son épouse et de ses vassaux. Un jour, il perd sa compagne et délaisse ses petits enfants et l'hoirie de ses aïeux... Bien longtemps après, il revient, la conscience noire de remords et de crimes. Il ramène avec lui la femme qui l'a entraîné au mal, le démon qui a perdu son âme... Mais ses deux fils sont devenus des hommes. Cette marâtre impie leur est odieuse. Elle aussi les hait. Un soir elle a surexcité leur père contre eux, il les a maudits sans vouloir les entendre et, le cœur brisé, ils sont partis loin, bien loin, guerroyer contre les infidèles. Ce n'est pas encore assez pour la marâtre; elle gagne les serviteurs des jeunes gens et un matin, trois fois horreur!

on trouve les malheureux pendus aux poutres d'une chambre d'hôtellerie, la face blême et tirant la langue Malheur!... malheur!... à la femme qui a commis ces forfaits!...

Soudain, il me semble voir les Trouvères se dépouiller de leurs capes. Tous reculent d'épouvante. Deux grands squelettes blancs au crâne plat, aux orbites vides, au rictus horrible, se dressent menaçants devant nous. Ils sont là..... près de moi... ils me frôlent presque. Mes cheveux se hérissent sur ma tête !

Et les voici qui, lentement, comme des justiciers, s'avancent vers la comtesse. Leurs longues mains décharnées s'étendent sur son front. Le visage contracté, livide, elle roule à terre. Alors le comte, la rapière au poing, bondit. Il s'élance sur les fantômes avec un rugissement de fauve. Mais le fer ne rencontre que la muraille. Un ricanement affreux retentit, les squelettes ont disparu. Seuls, au fond de la salle, aux corniches des lambris, deux pendus se balancent, la face bouffie et grimaçante. Ce sont messeigneurs Hugues et Roger. Hagard, échevelé, le comte s'arrête, puis stupide, comme un bœuf assommé, il s'abat.

Et le grand lévrier de la comtesse lève le museau et se prend à hurler.

Un grand bruit m'arracha à mon horrible cauchemar. De longs applaudissements emplissaient la salle. Le Trouvère souriant recevait les félicitations du comte sur le poème qu'il venait de chanter. Madame Yolande elle-même attachait une chaîne d'or à son cou.

Le lendemain, un exprès venu d'Aquitaine arriva au château. Il annonçait la mort des fils du comte. Surpris par un parti d'Albigeois, ils avaient été reconnus pour chevaliers bretons et on les avait branchés haut et court, sans égard pour leur nom, ni pour leur jeunesse.

Septembre 1892

LA CHASSE

Ce doit être aujourd'hui grand'chasse sur les terres de Monseigneur le Comte de Mauriac. Dès l'aube, tenant en laisse dogues aux larges museaux et bassets aux jambes tortes, les piqueurs et les varlets se sont réunis et ont fait trois fois le tour des remparts du château en jetant aux échos les fanfares joyeuses des cors et des buccins auxquelles, de tous les points de l'horizon, vingt autres trompes de chasse ont répondu. Le pont-levis s'est abaissé pour livrer passage aux invités du Seigneur de Mauriac qui arrivent par vingt routes différentes, chacun suivi de sa nombreuse meute que maintient les varlets de chiens. Bientôt tous les plus beaux et les plus nobles gentilhommes de la Comté sont rassemblés dans la cour d'honneur du Manoir.

Monté sur un genêt aux jambes fines, vêtu de la casaque de bufle, le couteau de chasse au côté, suivi de ses deux écuyers qui portent ses longs épieux de bois de chêne durci au feu, le Comte sort du château par la grande poterne et vient en saluant au devant de ses invités qui se tiennent découverts jusqu'à ce qu'il

ait reposé sur sa tête sa toque de velours noir ornée
d'une longue plume d'aigle. Après lui, sur sa haquenée
blanche harnachée à l'orientale, recouverte d'une
housse de brocart vert, avec deux grosses houppes de
plumes blanches aux œillères, s'avance Mademoiselle
Diana, sa fille.

A sa vue, les gentilhommes se découvrent de nouveau et s'inclinent par trois fois en se courbant sur le
cou de leurs chevaux.

La belle châtelaine jouant négligemment avec sa
houssine, jette un rapide regard sur le groupe des
jeunes seigneurs rangés en face du Comte ; un sourire
dédaigneux plisse les coins de ses lèvres, elle frappe un
léger coup sur le col de sa monture qui se cabre et
part au galop, passant la tête haute devant la troupe
des chasseurs et s'élance vers la forêt suivie par le
Comte et bientôt, mais à une distance respectueuse
par le peloton des jeunes seigneurs.

Arrivés sur la lisière de la forêt, les chasseurs ren-
contrent les piqueurs et leurs limiers qu'ils retiennent
à grand'peine. A leur tête est le chef-veneur, un grand
vieillard tenant son cheval par la bride et qui, sa toque
à la main, ses grandes boucles de cheveux gris flottant
au vent, vient au devant de son Seigneur pour le ren-
seigner sur la direction du sanglier qu'on doit forcer.
Puis, sur l'ordre du Comte, il remonte à cheval. Les
chiens découplés prennent le pied de la bête, appuyés
par les fanfares des piqueurs et bientôt s'élancent
suivis de toute la chasse qui descend la colline dans
un fraças de tonnerre, tandis que les serfs qui servent

de rabatteurs se rangent et se découvrent respectueusement sur le passage de tous ces beaux seigneurs.

II

Dans la clairière, au milieu de la forêt, les chasseurs ont fait halte et mis pied à terre pour prendre le repas du matin avant de forcer le sanglier que l'on a rabattu jusqu'à sa bauge. Près d'eux, couché sur le ventre, un collier d'or au cou, comme un chien, Fivrelet, le nain du Comte, lit un grimoire qu'il vient de tirer de dessous son pourpoint. Nul ne songe au pauvre infirme que d'habitude on laisse tout le jour, son paquet de plumes sous le bras, dans la grande salle aux livres du château qu'il est chargé d'épousseter et de classer.

La belle châtelaine seule semble s'apercevoir de sa présence pour le frapper de temps en temps de sa houssine avec laquelle elle joue nonchalemment. Le nain tourne alors vers elle sa bonne grosse tête de chien fidèle, sourit en écartant ses grosses lèvres et la regarde de ses grands yeux reconnaissants.

Diana surprend un de ces regards, et : « Mon père, « dit-elle en riant, je crois qu'aujourd'hui, vous avez « un prétendant de plus à la main de votre fille, lequel « il n'est pas certain que j'éconduise, vu la noblesse « de sa race et la valeur de son bras. C'est Fivrelet, « votre nain ci-gisant le nez dans son grimoire. Oui, « Messieurs, c'est lui qui désormais est votre rival, « dit-elle, en regardant à la ronde tous les jeunes « seigneurs. »

Gaston de Foix, très-grave prit la parole : « Vous
« avez tort de railler, très-noble damoiselle et puisque
« vous-même parlez la première d'un sujet qu'aucun
« de nous n'osait aborder, je veux, devant Monsei-
« gneur Guy votre père, vous faire part d'une résolu-
« tion qui fut prise, ce matin, d'un commun accord,
« par tous les gentilshomme qui vous entourent comme
« par moi, votre très-humble vassal. Depuis tantôt
« deux ans, très-noble damoiselle, tous, chacun à
« notre tour, avons sollicité l'honneur d'obtenir votre
« main de Monseigneur votre père. Mais aucun de
« nous, sans doute, n'a su toucher votre cœur, puisque
« vous avez toujours refusé de choisir votre mari
« parmi nous. C'est assez attendu ; notre devoir est
« ailleurs. Daignez jeter une dernière fois les yeux sur
« nous tous qui sommes ici réunis et voyez s'il vous
« est possible de faire un heureux. Je vous en conjure,
« faites-le sans crainte, car notre amour pour vous est
« trop grand pour que nous puissions vivre plus long-
« temps dans une si cruelle attente et tous, nous
« l'avons juré, nous céderons, sans aucune haine, la
« place au rival heureux que vous aurez choisi. »

Diana a écouté cette harangue, très calme, jouant
dédaigneusement avec le petit couteau qui pend à sa
ceinture et souriant étrangement : « En vérité, Messire
« Gaston, vous avez mieux parlé qu'un clerc et, puis-
« que vous le souhaitez tant, je me rends à vos vœux ;
« oyez-moi bien tous :

« Par Sainte Anne, ma patrone, en qui toute grâce
« réside, je vous promets d'accorder ma main à celui

« de tous les hommes ici présents, qui frappera le
« premier de son épieu, à la fin de cette courre, le
« sanglier; j'ai dit. »

Le Comte prenant à son tour la parole, se leva: « Il
« sera fait comme tu l'as dit, ma fille. Par le sang de
« notre Seigneur Christ, je jure que ta promesse s'ac-
« complira. »

Les gentilshommes s'inclinèrent en signe d'acquies-
cement. Le Comte frappa dans ses mains pour donner
le signal du départ. On reprit selle, les chiens furent
détachés, les piqueurs sonnèrent hallali et la chasse
tout entière disparut au trot, sous le couvert de la
forêt.

III

Acculé contre un chêne énorme, la gueule pleine
d'écume, poussant de sourds grognements, ses terri-
bles défenses teintes de sang, le sanglier fait tête à la
meute. Le bruit des cors qui va se rapprochant semble
l'exaspérer. Soudain il fond sur la foule hurlante qui
l'entoure et d'un coup de boutoir, lance à vingt pieds
en l'air, le ventre ouvert, un énorme dogue qui lui
faisait face; puis, reprenant la défensive, il recule à
petits pas en tenant les chiens en respect.

La chasse débouche.

En un instant, les piqueurs font cercle autour de
l'animal, l'épieu en arrêt. La meute reprend courage à
la vue des varlets et se précipite de nouveau en avant.

Voici venir le Comte. A côté de lui, sur un poney

sans selle, un grand épieu sous le bras, Fivrelet pousse droit son cheval sur le fauve, tandis que malgré l'éperon, le beau genêt du Comte recule épouvanté.

Diana suivie des gentilshomme arrivent à leur tour. La belle Comtesse jette un regard sur la bête et frappe de sa houssine sa haquenée qui redresse la tête en hennissant sans vouloir avancer. Les chevaux des jeunes seigneurs font de même. Tous, sans hésiter, sautent à terre, l'épieu à la main et lentement, ils s'avancent. Diana, rouge de colère, va rejoindre son père qui se tient à l'écart, très-ferme sur ses arçons, très-grave.

Les chasseurs ne sont plus qu'à trois pas du monstre. Se voyant entouré, celui-ci secoue sa crinière, avance la gueule et fond droit devant lui. Un cri retentit, mais un homme a bondi au devant de lui et mettant un genou en terre, brandissant son épieu, d'un formidable coup au défaut de l'épaule, il l'enfonce dans le flanc de l'animal qui, frappé au cœur, tombe foudroyé aux pieds de son ennemi.

C'est Fivrelet, le nain du Comte.

Les jeunes gentilshommes se regardent très-pâles. Gaston de Foix lui, croise les bras et sourit, puis soudain, très-grave : « Allons, Messeigneurs, nous l'avons juré, tenons notre parole. » Et tirant sa dague, il se frappe en pleine poitrine.

Le lendemain matin, les cloches sonnèrent le glas funèbre dans vingt paroisses. — Les vingt gentilshommes avaient tenu leur serment.

Le Comte aussi tint le sien. Trois jours plus tard, à moitié morte de dégoût et d'horreur, Diana dut mettre sa main dans celle de Fivrelet et recevoir la bénédiction sacrée qui lui donnait le nain pour époux. Le Comte fit un festin splendide. Mais quand on chercha, le soir, l'épousée pour la conduire à la chambre nuptiale, on ne la trouva pas. Ce n'est que le lendemain que l'on aperçut dans le fossé du château, un grand corps blanc taché de rouge, au milieu des épines et des ronces.

Voilà comment la Comté de Mauriac, après la mort du Comte Guy le deuxième, passa aux mains de Jehan-le-bossu, comme l'appelle la Chronique d'où j'ai tiré cette histoire, lequel n'était autre que Fivrelet qui mourut sans postérité. Après quoi le fief revint à Monseigneur le Duc de Guyenne, frère du roi.

Septembre 1893

LE PÈLERINAGE

DE BERNARD LARDON

LE PÈLERINAGE
DE BERNARD LARDON

YSTOIRE D'ESCHOLIERS

A mon très cher ami Paul Joseph Mantoux
je dédie ce court roman.   E. J. *

Pour l'ami lecteur

Bien simple et bien naïve, ami lecteur, est la geste
que je te veux dire. Point n'y trouveras matières à
longues et esbaudissantes esclafferies; point n'y
entendras ris moqueurs ou soupirs amoureux de dames
et de damoiseaux, point ne t'y délecteras non plus au
conter de mirifiques prouesses ou mémorables faits de
la gent d'Alexandre ou de l'Empereur Charles. Nenny.
Cy liras seulement récits de belle et franche hutinerie;
cy ouiras chocs de verres et cliquetis de dagues, rêveries béates de moines et gaies chansons d'escholiers.

Heureux si ces quelques feuillets au coin du feu
noircis, peuvent te donner parfois tant de plaisir à
les lire que ma tête folle a pris a les inventer!...

---

* Nous avons conservé telles qu'elles se trouvent sur le manuscrit, les premières
lettres du pseudonyme adopté par Maurice dans « Le Combat », Estienne Jadys.

I.

Du départ de Bernard Lardon et des réflexions de Maitre Thibault

Un matin de printemps dernier, messsire Bernard Lardon, docteur en Sorbonne, *rector magnificus* du collège de Bayeux, monté sur sa mule grise, bourdon en main, coquille au col, quitta sa petite maison de la rue de la Harpe pour entreprendre le pèlerinage de Terre Sainte.

Les commères qui balayaient le pas de leur porte, les laitières matineuses qui couraient de maison en maison le regardaient la bouche bée et se signaient dévotement sur son passage. Sur les toits, les moineaux s'arrêtaient de babiller ; les gamins qui jouaient au coin des rues se rangeaient tout penauds pour le laisser passer et les chiens occupés à fouiller dans les tas d'ordures, s'enfuyaient en hurlant épouvantés par le tintement argentin des grelots de sa mule.

Mais lui pourtant, souriait béatement, ses belles grosses joues fleuries s'illuminaient d'un éclat plus vif, il laissait ses patenôtres pendre le long de son froc et semblait se laisser aller aux réflexions les plus douces et les plus consolantes.

« Mon Dieu, disait-il, *quantum miror immensam bonitatem tuam*, comme le ciel est pur et comme l'air du matin est frais !... il va me falloir traverser *multas civitates et multos desertos*, mais la munificence du Seigneur est infinie et Griselys une solide bête. Puis les Turcs, après tout, ne sont point si féroces qu'aucuns le veulent bien dire, ils doivent *amare clarum* autant que moine de France, fut-il cordelier ou minime *augustinus aut jacobinus*! Eh bien, je me conjouis à la pensée de les haranguer le broc en main et d'ouvrir leurs âmes *ad dulcedines* de notre très-sainte, très-auguste et très apostolique religion.

Ah! Ah! continuait-il, la bouche fendue jusqu'aux oreilles par un large éclat de rire, ce sera un beau jour que celui où je rentrerai dans la bonne cité de Paris, traînant après moi des milliers d'infidèles convertis, au milieu du peuple qui crie : Noël! de toutes parts.... Allons, et puisse Saint Bernard, mon glorieux patron, nous garder sous sa bénigne protection... *Sit nomen Domini benedictum*!...

Ainsi monologuait messire Bernard tandis que sa mule allait trottinant par les rues.

A ses côtés, grave et fier, juché sur une grande bique efflanquée, don Estafilar y la Rouflarda, escholier de Castille s'avançait, poussant devant lui le gros baudet sur lequel maître Thibault, valet de messire Bernard geignait et gémissait sur les travers de la fortune et l'inutilité de la scolastique; source de tant de maux en général et de tous ses malheurs en particulier,

— « Holà! maraud, criait Estafilar, n'auras-tu pas bientôt fini tes plaintes et tes jérémiades?... *Per la Madona*, si tu nous écorches encore longtemps les oreilles, je me propose de rendre aux tiennes le centuple de ce que tu fais endurer aux nôtres! »

— « Ah! miséricorde, répliquait Thibault, il vous

est bien aisé de parler, à vous Seigneur cavalier qui
n'avez qu'à courir le monde du soir au matin... C'est
votre métier à vous, d'aller combattre et pourfendre
les Sarrazins!... Mais a-t-on vu jamais docteur en
Sorbonne pris d'une idée si folle et si capricieuse?...
Oncques vit-on maître ès-arts, doyen de chapître
entreprendre de courir les aventures au lieu de rester
tout tranquillement à feuilleter son Thomas ou son
Augustin au coin de l'âtre?... Ah miséricorde!...
Pourquoi le roy notre gentil sire permet-il ainsi au
premier escholier en rupture d'Université, de venir
argumenter en Sorbonne!... Miséricorde!... pourquoi
s'est-il trouvé quelqu'un de cette engeance que les
bedeaux devraient fouetter en plein collège, assez au-
dacieux pour oser tenir tête à mon bon, à mon excellent maître?... Pourquoi faut-il enfin que ce pendart
(Satanas puisse le confondre!) ait réduit mon docte
maître *extremis argumentis*!...

Et lui, ô folie! ô orgueil des hommes! aller s'imaginer de partir en Terre Sainte pour rehausser sa gloire
tandis que nous vivions si calmes et si tranquilles dans
notre vieille maison!... »

Et le brave écuyer essuie une larme qui perle au
coin de ses paupières, ses grands yeux ronds se ferment
à demi, ses bras retombent lourdement le long de sa
vaste bedaine et l'ânon, étonné de tout ce remue-ménage
s'arrête, lève la queue et se met à conclure dans son
idiôme, le beau discours de maître Thibault.

II.

Du très horificque complot de François Basoche et des autres escholiers, ses compères.

— « Lison !... Estelle !... Et vous toutes, les plus accortes et les plus gentes bachelettes du pays de France, accourez céans et écoutez bien la très-belle harangue que je vous veux faire...

Vous voyez bien cet escholier : eh bien il a nom Pipelard. Le Mans est sa patrie, je vous le présente. Apprenez à vous gaudir à ses gaudrioles et facéties. Son escarcelle est vide comme la mienne, mais pour argumenter en Sorbonne, pour rosser les bedeaux et sergents, pour duper les bourgeois, nul ne lui est comparable. Oyez-moi bien et l'accolez pour entrer en bonne et confraternelle amitié avec lui ! »

Ainsi, du haut de son escabelle, parla François Basoche, escholier meneur de hutin s'il en fut, usant plus de chausses sur les bancs du « *Bon Clou,* » la noble taverne où je vous introduis, que sur ceux de l'Université.

Il dit et le surnommé Pipelard, son compère, d'accoler les bonnes grosses servantes à pleines lèvres comme on s'accolait au bon vieux temps et trépignements de joie des autres escholiers qui venaient avec eux d'envahir la taverne. Les accolements finis : « Paix, mes frères, s'écrie Pipelard de ton navré, point n'est-ce aujourd'hui le temps de s'esbaudir en longues et pigritieuses beuveries; point n'est-ce le jour de fêter le vieux Silenes et son divin nectar : pleurons et gémissons, mes bénis compères, pleurons!... »

Et de la main il essuie sur ses joues deux larmes imaginaires.

« Hi! Hi! l'on dit bien vrai, » poursuit-il, tandis que tous ébahis se taisent à sa voix, tel s'éjouit aujourd'hui, qui demain larmoiera. Vous riiez ce tantôt, vous applaudissiez à ma victoire et mieux eussiez-vous fait de vous tenir cois et silencieux. Notre recteur, notre excellent recteur est près de nous quitter pour aller en Terre Sainte rehausser sa gloire en catéchisant les infidèles!... Oui, mes frères, il va nous quitter, nous abandonner aux semonces des régents et aux verges des bedeaux.

« Ah! que sera désormais notre vie? Plus de longues journées passées à s'esclaffer de rire aux mines ébahies et furibondes grimaces de notre recteur nous gourmandant *ex cathedra*; plus de volumineuse bedaine à contempler pendant les discussions sur le « *Sic et le Non*, » plus de faces rubicondes à charbonner sur les murs de la taverne. Plus de processions à la foire du *Landit*, derrière la mule de notre recteur, plus de douces heures de rêverie en face d'un broc aux côtés d'une belle fille, sous la tonnelle du *Bon Clou*!... *Eheu miseri!*... Il va falloir reprendre la chaîne, rentrer chaque soir au Collège avant le couvre-feu. Les bourgeois se frotteront tranquillement les mains en nous voyant passer et plus d'une qui nous jetait des regards fripons en se rendant à l'office, rira sous sa cape de nos airs navrés et mélancoliques.

« Puis, ai-je besoin de vous remémorer d'immenses

plaines arides où des milliers de nobles chevaliers ont
piètrement péri aux jours d'antan. Et pourtant étaient-
ils accoutumés aux labeurs de la chose militaire et aux
fatigues des camps.

« Mais Messire Bernard, que Satan me confonde
d'avoir osé contredire, où trouvera-t-il chaque soir une
chambre bien close, un lit bien douillet, une belle
table bien servie couverte de poulardes bien ruisse-
lantes et de rôts bien lardés?... Où trouvera-t-il des
tourteaux bien beurrés, des pâtés bien dorés et des
cruches aux flancs rebondis, pleines de bon petit vin
de Saintonge pour arroser tous ces mets et mettre son
âme en joie?... Où trouvera-t-il tout cela, dites le
moi?.. Point de gîtes assurés dans les déserts Lybi-
ques, point d'hôtelleries aux larges enseignes, de
roustisseries roustissantes embaumées du fumet de
mille reliefs exquis et succulents. A peine une eau
sorde et répugnante pour apaiser sa soif, et pas un
broc pour mettre votre cœur en repos et votre corps
en santé! Pas de vin!... mes frères, vivre sans vin est
impossible, cela est contraire au vœu de la nature.
L'Ecriture dit que Saint Jean dans le désert ne se
nourrisssait que de racines, mais elle ne dit point qu'il
ne buvait pas de vin!... »

«Le vin, amis, c'est le pain de la jeunesse, de la gaîté,
il soutient l'âme, comme le pain sustente les corps...
C'est par le vin que je pense, c'est lui qui me console
d'avoir des pourpoints troués et l'escarcelle plate.
Quand je bois, soucis, chagrins, désespoirs, tout
s'enfuit, tout s'envole!... On peut vivre sans gîte,

coucher l'été dans les bois, l'hiver sous les porches,
on peut délaisser les vanités du monde, mais on ne
ne peut vivre sans converser avec son broc. Nul clerc
n'hésite à renoncer aux jouissances de la terre, mais
quel moine renoncerait à rêver de longues heures sur
les poutres du cellier de son couvent?... Eh bien, mes
compères, vous aimez trop votre vénérable recteur
pour lui permettre de se condamner à de pareils tour-
ments, trop vous le chérissez pour le laisser aller se
faire occire par les Sarrasins, tandis que nous gémirons
sous le joug de régents aux nez pointus et rébarbatifs!...
Non, dussiez-vous vous jeter sous les pas de sa mule,
vous vous opposerez à son départ, vous me seconderez
dans le dessein que j'ai formé, d'arracher notre très-
vénéré recteur à une mort certaine et mes gentils
compagnons de basoche à un flagitieux servage!... »

Il dit, tous d'applaudir, brocs de se choquer, esca-
beau de rouler à terre. Mais lui, réprimant d'un geste
l'enthousiasme des escholiers : « Merci, mes frères,
dit-il de vos acclamations. Mais point n'est encore le
moment de me les donner. Pour ce, tenez-vous calmes
et quiets, rentrez dans vos logis respectifs et trouvez-
vous demain sur le midi, au tel lieu que vous savez,
équipés comme francs larrons coupeurs de bourses.
Par la mort! notre bon recteur devra bien se guérir,
de gré ou de force de sa passion pour les lointaines
aventures! »

Puis se drapant de sa cape, il descend gravement de
la table où il s'était juché et sort de la taverne suivi
des escholiers.

La salle se vide et bientôt le silence n'est plus inter-
rompu que par le tic-tac mélancolique du coucou de
cuivre et le ronron monotone du rouet de l'hôtesse. (*)

III

COMMENT NOS PÈLERINS S'AVENTURÈRENT EN LA FORÊT DE
BONDY MALGRÉ LES PLEURS ET LES REMONTRANCES DE
MAITRE THIBAULT.

Ores, devisant comme l'avez lu, arrivèrent nos
pèlerins aux abords de la forêt de Bondy. Aucun n'est
d'entre vous qui n'ait ouï parler des crimes, attaques,
pendaisons et autres chosés atroces qui se passent en
icelle et n'ait longuement hésité avant de s'y aventu-
rer. Ainsi firent Messire Bernard et ses gens. C'était
le milieu du jour, tout se taisait sous les grands arbres
qui étendaient sur la route peu fréquentée et moussue
une ombre impénétrable. Les récentes pluies avaient
transformé les ornières en larges mares où chantaient
tristement les grenouilles.

« Ah! miséricorde, s'écriait Maître Thibault, y
songez-vous mes doux Seigneurs, traverser la forêt de
Bondy, seuls, sans provisions, sans même avoir rempli
nos gourdes au prochain village?... Aller nous livrer
de notre gré aux premiers des larrons et des coupe-
jarrets qui nous rencontreront et nous rançonneront
sans pitié! Ah! miséricorde, Messire Bernard, mon
très-cher, mon excellent maître, que n'avez-vous
écouté mes conseils et m'avez-vous entraîné dans tous
les périls et jours de jeûne que j'entrevois!... Misé-

(*) Voir la variante du chapître II, pages 77 et suivantes.

ricordel... moi qui vivais si tranquille et si heureux
dans notre vieux collège!... qui pensais finir béatement mes jours quand l'eût ordonné la Sagesse divine;
me faut-il donc périr malement au bout d'une corde,
tirant la langue, comme le dernier des truands et des
Egyptiaques! »

— « Ça, maraud, répondait Estafilar, penses-tu donc
valoir beaucoup mieux que truands et ribauds?...
Parce que tu as une face de cordelier et un pied de
rouge sur la trogne, parceque tu es entripaillé comme
bœuf de carnaval, penses-tu que Dame Hart fasse des
façons pour t'épouser?... Bien au contraire. Depuis
les siècles qu'on ne lui donne pour galants que claque-
dents et malingreux, gens de sac et de roue qui ren-
dent l'âme sans hoqueter, elle sera ravie d'avoir une
fois par hasard, gibier de ton espèce à étrangletter
bien douillettement pendant votre nuit de noces?...
Et puis, vois-tu, ne serait-ce que pour me conjouir à
tes grimaces en ce beau moment, je traverserais la
forêt onze fois par jour pendant sept mois de suite,
malgré tous les larrons et vide-goussets de France et
de Navarre! »

— « *Pax sit vobis!* interrompit Messire Bernard
d'un ton paterne, « allons mes enfants, point de débat
entre les oints du Seigneur : *non bellum inter unctos
Domini !* Pourquoi te lamenter Thibault? si nos besaces
sont vides, la Providence les remplira; si nous sommes
affamés, elle assouvira notre faim; le Psalmiste n'a-t-
il point dit : *Esurientes implevit !...* Allons, entrons
hardiment dans cette forêt et toi, Seigneur, *Salvum
fac populum tuum et benedic hæreditati tuæ !...* »

IV.

Comment les escholiers furent navrés et déconfits et comment le Seigneur envoya le Baron de la Bourseplate au secours de nos pèlerins.

— « Sus!... Sus!... mort aux truands!... tue!... tue!... Montjoye! Saint Denys!... »

Et il fallait voir Estafilar pousser son destrier au milieu des brigands, brandissant sa grande latte, frapper de pointe, frapper de revers, pourfendant les uns, estomachant les autres, navrant tous, écrasant morts et blessés sous les sabots de son coursier; la face illuminée par un large sourire d'enthousiasme, furieux, comme un preux des temps passés s'escrimant contre les Sarrasins.

Et Bernard Lardon, lui, croyez-vous qu'il restait oisif? — Nenny point. — Il le fallait voir, de son gros bourdon de frêne, tapant comme un sourd, estourdissant, assommant tant à dextre comme à senestre, dans la foule des larrons acharnés autour de sa mule.

« Ah! pauvres escholiers! mes frères, vous ne comptiez point sur celle-là! Et plus d'un parmi vous qui se souvient que Bernard Lardon avait bonne face et bonne bedaine, se souvient avec un frisson dans les reins, qu'il avait aussi, bon bras et bon bâton, arme de moine s'il en fut.

Oui, ce fut une belle et haute apertise d'armes! Les gens de Monthléry, de Linas et d'Etiolles pensent entendre encore les clameurs et cliquetis du combat et l'âme de Messire Jehan Froissart mon maître, dut en frémir au haut des cieux.

Assis sur le revers du chemin, entouré de deux larrons qui s'esclaffaient de rire, stupide, les mains jointes, la face violette de terreur, maître Thibault regardait la bataile tout en suppliant nos escholiers d'épargner sa précieuse personne.

— « Miséricorde » disait-il, d'une voix entrecoupée mes bons seigneurs larrons, ne m'égorgez pas!... Nous sommes de paisibles pèlerins qui n'avons jamais fait de mal à personne, ne m'égorgez pas mes bons amis les brigands, ne m'égorgez pas!... Je ne suis qu'un misérable moine qui n'ai que ma besace à vous donner, ayez pitié de moi, messieurs les voleurs, je vous livrerai tout ce que j'ai, mes pauvres deniers amassés à la sueur de mon front, dans le jeûne et dans l'abstinence, ne me tuez pas, ne m'assassinez pas!... Emmenez-moi avec vous, si vous avez besoin d'un chapelain, je serai votre chapelain!... Si vous avez besoin d'un cuisinier, je vous préparerai des tourteaux, de jolis tourteaux, de mignons tourteaux bien beurrés, comme les aimait feu frère Grégoire, mon compère, sommelier du couvent de St. Pacôme Ermite!

— Thibault, à ce triste souvenir, essuya une larme. « Ah! si vous aviez mangé de ma gibelotte de bécasses? — vous ne voudriez pas me tuer, mes bons, mes excellents frères, ne me tuez pas, ne me tuez pas!.. »

Mais il s'aperçut que « ses bons amis » les larrons avaient disparu. Alors il se mit à décharger son fiel.

— « Les gueux! les traîtres! les félons! » s'écriait-il le visage bouffi d'indignation, « attaquer de paisibles pèlerins, des clercs!... Puisse la peste et la fièvre quarte les emporter, puisse la vengeance divine, Belzébuth, Astaroth et tous les démons de l'enfer!... »

Alors, comme pour répondre aux vœux de Thibault, un chevalier étincelant sous son armure, comme l'archange triomphant du dragon, lance au poing, visière baissée, s'élança au milieu du champ de bataille et séparant les combattants, cria d'une voix tonnante : — « Ça! qu'entends-je?... l'on ose attaquer les voyageurs qui traversent mes domaines! Mes terres sont encore infestées de vermine pareille à la vôtre, drôles, vous que je!... » et le preux retroussa sa moustache d'un air formidable. — « Mais ces nobles seigneurs vous ont assez navrés, à ce que je vois. Je vous laisse aller. Retenez mes paroles et n'y revenez plus!... Redoutez la vengeance de Nous Hector Achilles Alexander César, Baron de la Bourseplate, Mornechastel et autre lieux, chevalier des ordres de Malte et du Temple, défenseur des fidèles et des pèlerins!... Puis, se tournant vers nos héros, d'un air grandiose : « Et vous, Messeigneurs, si tel est votre bon plaisir de vous venir reposer en mon manoir, soyer sûrs que je serai charmé de vous y donner l'hospitalité. Daignez seulement me suivre. »

Alors Thibault sentit renaître son courage; il enfourcha son baudet et trotta tout joyeux reprendre rang aux côtés de son maître, tandis qu'Estafilar essuyait fièrement sa latte et la remettait au fourreau.

La place nous ayant fait défaut, nous nous voyons forcés pour terminer « Bernard Lardon » avec l'année, de passer quelques chapîtres. *

* Note du *Combat*.

VIII

Il allait à son tour se lever de table.

— « Allons, encore un broc, Messire Bernard Lardon, dit Roger, pour vous consoler d'avoir renoncé à votre pèlerinage. »

— « Bah ! Monseigneur, répondit Bernard Lardon, vous m'en trouvez tout consolé. J'ai bien réfléchi. Je ne suis pas plus fait pour courir les aventures que pour gourmander mes ouailles. J'avais été fol un instant, j'ai été puni de ma folie « *Sit nomen Domini benedictum.* » Je m'en vais retourner à mon vieux collège, avec mes braves enfants, et mon plus cher vœu désormais, est de finir ma vie au milieu d'eux, dans leur affection et dans la grâce du Seigneur. »

Et Bernard Lardon vida le broc, se leva, se signa, puis, comme Gontran entrait, équipé, prêt à partir :

— « Les mules sont sellées, Gontran ?... »

— « Elles piaffent dans la cour et quand il plaira à vos Seigneuries... »

— « Bien, nous te suivons, dit Roger, et le jeune homme bouclant son épée rejoignit Bernard Lardon déjà en selle, entouré de Thibault et d'Estafilar, l'oreille un peu basse, navré de rentrer au Collège avec tous ces gueux d'escholiers pipeurs et méchants dont il n'avait jamais reçu qu'injures et avanies.

Roger s'avança vers lui :

— « Chevalier, lui dit-il, il ne doit point rester de rancune entre nous. Eh bien, s'il m'est permis de **réparer mes torts, oyez bien la franche proposition** que je vous veux faire. Sa majesté vient de m'accorder un brevet de capitaine au « Royal Roussillon, » vous plairait-t-il d'accepter une lieutenance dans ma Compagnie? Nous irons joyeusement guerroyer ensemble contre les ennemis du Roi et de la Religion. »

Estafilar le regarda un instant, tout pâle d'émotion puis, sautant à bas de cheval, il se précipita dans les bras de Roger. Et ils s'accolèrent en braves gentils-hommes qu'ils étaient,

Puis : « Allons, en route! » s'écia Roger, il sauta sur son genêt et la petite troupe s'ébranla.

On repassa par la forêt. Toute trace du combat de la veille avait disparu. Tout y était calme et verdure. C'était le bois au printemps avec ses arbres touffus aux troncs couverts de mousse veloutée, avec ses gazons épais, ses ruisseaux vagabonds, ses frais ombrages, ses concerts et ses parfums.

. . . .

Et le soir, quand Bernard Lardon se retrouva bien paisiblement assis dans son fauteuil, auprès de sa fenêtre, les pieds chauds, le ventre à table, tout ragaillardi par un bon dîner, le cerveau plein des fumées du bon vieux vin Bourguignon, il pensa. Il reconnut que le vrai, le seul bonheur ici-bas est de rester à son foyer, de jouir des félicités que le Seigneur vous envoie, de supporter patiemment les affronts de Dame Fortune... Sa pensée monta vers Celui qui a fait la vie, le printemps et le bon vin, et il le glorifia dans son cœur pour les siècles des siècles.

Ainsi soit-il!...

Le texte des *Aventures de Bernard Lardon* que nous venons de publier est celui du *Combat* IIe année, 1891-92.

Nous allons donner maintenant quelques variantes que Maurice y avait faites en 1893, ainsi que le titre des chapitres que devait comporter ce roman laissé incomplet.

Le lecteur aura ainsi une idée de ce que devait être ce roman dans la pensée de l'auteur.

L. C.
A. C.

VARIANTES

DU PÈLERINAGE

DE BERNARD LARDON.

PREMIÈRE VARIANTE.

CHAPITRE II.

Du désespoir des escholiers et du complot que Pipelard forma pour empêcher Bernard Lardon de partir en Terre Sainte.

« Ça, maître fripon, happeur de rôts, damné « traîne loque » s'écria dame Bérangère, l'hôtesse du *Bon Clou*, en se campant fièrement les poings sur les hanches, devant François Pipelard, gentil écolier de mienne connaissance que j'ai le très grand honneur de vous présenter : « Qu'advint-il donc en Paris, la nuit « passée? Quelle calamité nouvelle, quel fléau inconnu « nous menace, pour que je vous voie si triste et si « recroquevillé?... Sainte Vierge! combien donc de « vos maudits compaings le Seigneur Guet a-t-il « surpris, combien donc furent rossés et malmenés « par bourgeois rétifs ou très-justement fustigés par « les bedeaux pour que vous restiez là, bouche close, « feutre rabattu, rechignant sur un broc comme prêtre « une veille de Toussaint, l'air navré comme chien « que l'on vient de fouailler?... Pour vrai dire, il « ferait beau que ces belles dames et gentes damoi- « selles dont si souvent contez les complaisances et « faveurs amoureuses, vous vissent à cette heure! « Elles augureraient bien du hardi cavalier qui soupire « la nuit sous leurs tourelles!... Seigneur Jésus!...

« je vois leurs mines d'ici... Ah! Ah!... le joli
« diseur de propos tendres!... Ah! Ah! Ah!... »

Et l'hôtesse, se renversant en arrière sur une escabelle, aux côtés de notre héros, éclata d'un bon rire
sonore qui fit tinter et retinter, carillonner et recaril-
lonner, pendant cinq longues minutes au moins, tous
les poëlons et casseroles de cuivre rouge étincelant
que l'on apercevait pendus au mur, en face le dres-
soir, rangés bien en ordre selon leur taille respective.

Cependant s'était levé Pipelard et, plantant en
riant, un franc baiser dans la gorge et au grand émoi
de dame Bérangère, se campant à son tour devant
elle, frisant d'un geste martial les trois poils noirs
qu'il enrageait de ne pouvoir dénommer moustaches.

— « Sang et Mort! ribaude » clama-t-il, « voilà la
« seule vengeance que je veux tirer pour l'instant des
« outrages et vilenies que tu me viens de débiter, mais
« souviens-toi que tu as mérité ma colère et que c'est
« par pure magnanimité que je ne te châtie pas. »

Mais soudain, devenu calme, il se laissa tomber sur
son banc tandis que l'hôtesse remplissait à nouveau
son broc et s'asseyait auprès de lui :

— « Oui, c'est vrai, ma toute belle, » dit-il, « je
« suis triste et j'ai quelque peu négligé ma toilette, ma
« collerette est fripée et jaunie comme si mon aïeule
« en eut fait ses dimanches au temps du roi Jean; mes
« chausses ressemblent fort à une bannière après la
« bataille et mon escarcelle pend à ma ceinture, aussi
« plate que gant hors de la main, hantée seulement de
« diablotins cornus qui jouent à chat et rat dans ses

« replis. Mais bah! si Satan grogne dans ma bourse,
« Bon-Appétit rit dans mon ventre et Franche-Gaîté
« dans mon cœur. Me soucierais-je de telles vanités!.
« Tu me parlais de mes compères aussi. Rassure-toi,
« les guichetiers du Châtelet n'ont pas eu le plaisir de
« faire grincer leurs verrous derrière eux cette nuit,
« et plus d'un a sommeillé ou nargué de beaux rires
« Monsieur le Prévôt et son Guet, en compagnie plus
« douce que dame Cruche et frère Pain-bis. D'ailleurs,
« quand ce serait, je ne verrais là que chose toute
« consuétudinelle, idoine à l'ordre naturel, non argu-
« mentalement réfutable et n'irais point me mêler fiel
« au sang pour si peu!.. Non. Les soins qui m'agitent,
« persuade-t-en, sont plus forts, plus universels et
« mie ne riras de mon air marmit et nâvré, quand je
« te les aurai confessés..... »

Ce disant, Pipelard avait passé son bras autour de
la taille de dame Bérangère et leurs propos s'en
seraient allés sur ce ton là ou sur un autre, n'eût été
l'entrée d'un grand gaillard, écolier, vous le pensez,
meneur de hutin, cela est probable, orné certainement d'un nez long comme une aune de drap de
Bayeux, son pays, et d'une barbiche capable de faire
envie à toutes les chèvres de France et de Toscane. Il
s'avança vers nos gens et s'arrêtant à deux pas,
goguenard :

— « Eh! eh! » dit-il, « taverne vide devient vite
« nid d'amoureux, ce me semble ; Bacchus s'accom-
« mode assez d'être prêtre d'Amour!... Eh! eh! Mais
« savez vous, dame Bérangère, que si le Seigneur

« François Lhermitte, votre époux, se doutait que
« tandis qu'il fait la garde du roi, hallebarde en main,
« armet au crâne, sa très-chaste moitié écoute bali-
« vernes d'écolier, il pourrait bien, un beau jour,
« venir surprendre mes galants et les envoyer chez le
« vieux Pluto, se dire que le ciel est d'azur, qu'oyse-
« lets piaillent bien et que maris sont gênants! »

— L'hôtesse ne s'émut point. Elle se leva et toisant
notre homme :

— « Quoi donc, mauvaise langue » dit-elle, « n'est-
« il plus permis, quand les bancs sont déserts, quand
« les servantes frottent les cuivres dans l'officine et
« quand le chien tourne son rôt, de laisser là soucis
« moroses et d'écouter propos de gentil garçon?...
« ...Va, vilaine tête, François, mon digne époux, a
« l'esprit plus tranquille que toi. Pourvu que le brave
« gars trouve chaque soir, quand il revient, bon souper,
« bon lit et le reste, il n'a guère plus de soin des
« cavaliers qui me courtisent que bûche de bois d'une
« chiquenaude !... Je te le prédis même, en vérité,
« Trousse-Cadet m'ami, puni seras par où tu pèches.
« M'entends bien : mari jaloux, mari trompé, est-ce
« dicton des commères de Paris. »

Et, tournant les talons, l'accorte hôtesse alla déta-
cher le pauvre Penaut, le gros dogue qui tournait, en
tirant une langue énorme, la brochée de chapons que
Carolin, le marmiton, arrosait méthodiquement avec
sa longue cuillère de bois.

Cependant Pipelard avait quitté son siège et
s'avançant vers le nouveau venu, anxieux : « Ça,

« Trousse-Cadet, trêve aux billeversées, point n'avons
« nous le temps de nous conter bagatelles et sornettes,
« quelles nouvelles dis-tu? »

— « Rien que bonnes, Pipelard. Tous sont partis
« dès l'aube pour la forêt, armés et instruits comme
« l'as voulu, emportant à la faveur du brouillard, mon
« armure, ma lance, mon casque et mon écu. Ragotinus,
« l'enfant de chœur doit, sur le coup de onze heures,
« venir avec nos coursiers sous le porche de St Séverin.
« J'ai trente livres tournois de bel argent neuf dans
« mon escarcelle et deux gourdes de vieux vin de
« Saintonge à ma ceinture. Tout est prêt pour la
« bataille et, quand il te plaira de partir à notre
« tour..... »

Ding, ding, ding!... cria de sa voix enrouée le
coucou de cuivre de la taverne.

— « A l'instant, mon frère; voici le troisième quart
« après dix heures; mieux est d'arriver tôt que trop
« tard. En route!... »

Puis se prenant par le bras, rejetant les pans de
leurs capes sur l'épaule, rabattant les bords de leurs
feutres jusqu'aux yeux, les deux compères sortirent
du *Bon Clou* en laissant la porte ouverte, ce qui
permit à Penaut d'aller s'y accroupir, au soleil, en se
léchant les pattes d'un air satisfait.

———————

DEUXIÈME VARIANTE.

CHAPITRE IV.

Et le premier, il s'engagea sous le couvert. On marcha lentement. Le calme et le silence qui régnaient sous ces rameaux sombres emplissaient malgré lui, le cœur de chacun, d'une vague appréhension. Toujours vaillant, la lance au poing, visière baissée, courbé sur son destrier, Estafilar tenait la tête de la chevauchée. Après lui venait Thibault, la capuche baissée sur le nez, je ne sais pourquoi, les mains croisées sur son ventre, osant à peine jeter par-ci, par-là un regard épouvanté à travers les taillis qui bordaient le chemin. Derrière enfin, calme et placide sur Griselys, mais un peu inquiet peut-être, Messire Bernard. Certes, il ne redoutait point les brigands, mais son esprit était plein de pensées qui le rendaient soucieux. Il songeait à la longue épître qu'il avait écrite, la veille, à sa sérénissime éminence le primat, archevêque de Paris, pour lui exposer les motifs déterminants et les raisons suffisantes de son pèlerinage. Il revoyait dans sa pensée, le parchemin enluminé qu'il avait lui-même orné de gros sceaux de cire rouge. Il relisait son épître et discutait encore sur l'opportunité ou la non-opportunité de son départ : « *Optime quidem, serenissime pater, cum grege meo, in pace Domini vivebam...* » Oui, Thibault avait raison, il

vivait heureux dans son vieux Paris. C'était bien doux
le soir, après les longues disputes sur le *Sic* et le *Non*,
de rentrer dans sa petite maison blanche aux murs
tapissés de glycines et de rosiers, de s'asseoir dans sa
chaire aux pieds tors, l'hiver au coin du feu, l'été
devant la grande fenêtre en ogive, aux dentelles de
pierre et de rester ainsi, le souper fini, à rêver longuement en écoutant tinter les heures à l'horloge du
collège!... Comme l'on se sentait heureux de vivre!
Que cela était bon!... Au printemps surtout, comme
maintenant, quand tout était en fête, le soir, à la clarté
blanche des étoiles, on apercevait, rasant les maisons,
des couples dont la lune découpait la fine silhouette
sur les murs fraîchement crépits du couvent des
Cordeliers. Lui, le prêtre, il était heureux de voir cela,
d'assister, témoin ignoré, à ces mystères qu'il n'avait
jamais connus, jamais enviés, mais qu'il devinait divinement tendres et divinement doux.... Là-bas, dans
ces pays lointains où il allait, sous ces cieux inconnus,
pourrait-il, harassé par les fatigues du chemin, par les
jeûnes et les désespérances, laisser encore monter son
âme à Dieu dans la béatitude de la rêverie, le soir,
après un bon souper, bien arrosé de vieux vin de
Guyenne, dont les fumées enivrent les sens et reposent
l'esprit?... Pourrait-il... »

Un choc brusque le tira de sa méditation. Une main
lourde s'abattit sur son épaule. — Thibault, la voix
étranglée, les yeux hagards, suffoqué, la face contractée
de terreur, lui montrait du geste, à trente pas, devant
eux, au milieu d'une vaste clairière où l'on venait de

déboucher, Estafilar reculant, l'épieu à l'arrêt, prenànt
du champ contre une bande de drôles à mine patibu-
laire, barbouillés de suie et de farine, armés d'énormes
bâtons, qui venaient de se jeter au travers de la route.
Au même instant, se retournant d'une voix éclatante,
le chevalier tonna : « Des brigands !... Messire !...
Défendons-nous !... » Et tandis que Bernard saisissait
à pleines mains son gros bourdon de frêne. lançant
son cheval au galop, visière baissée, il s'élança la
lance en arrêt.

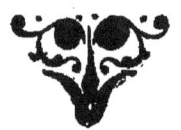

THÉATRE

ISIDORE LYNX & Cⁱᵉ

SCÈNES PARISIENNES

I

Monsieur.

Trente-cinq ans, rasé, moustaches en croc, en bras de chemise, bouclant ses bretelles, agité.

Oh, le mariage!... Non ça ne peut plus durer comme ça!.. Depuis trois jours... que dis-je! depuis trois mois, depuis trois ans, depuis... non j'exagère, enfin toujours est-il que depuis.... crédié! un bouton qui saute! depuis trois... depuis quelque temps je ne vis plus!.. Clara n'est plus la même. Elle va, elle vient, elle sort quand je suis à mon bureau, elle quitte... *un autre bouton du pantalon saute.* Un autre!... *à son pantalon :* encore un qui me quitte!... elle quitte dis-je, le domicile conjugal... Il n'y a pas de bon sens, elle me trompe, elle doit me tromper... Ah! si j'en étais certain!... je la... *il brandit le poing. Troisième bouton en l'air.* Et de trois!... Voilà!.. Si j'avais épousé une bonne fille, une brave fille qui n'eut pour elle que son honnêteté... je n'aurais pas payé mes dettes... et j'aurais des boutons à mon pantalon. *Soupir.* Ah! le mariage!...

Entre POPAUL, *huit ans, ébouriffé, tablier blanc très sale, une lettre à la main.*

POPAUL.

Papa, c'est un homme!..

MONSIEUR, *sans l'écouter.*

Oh! si j'en étais sûr, je la...

POPAUL

tire son père par ses bretelles. Chûte d'un quatrième bouton. Le père se retourne et envoie son pied au... dos de Popaul.

POPAUL, *hurlant.*

Hi! hi! hi!... *il agite la lettre.*

MONSIEUR, *bourru.*

Qu'est-ce que tu veux toi?...

POPAUL.

Hi, hi, hi!.. C'est un homme qui a des boutons...

MONSIEUR.

Pas comme moi, alors.

POPAUL.

Des boutons dorés à son habit, qu'a apporté ça...
hi, hi, hi!.. Même qu'il a dit qu'il ne fallait pas que
maman le voie, hi, hi!...

*Deuxième coup de pied de Monsieur à Popaul
qui se sauve.*

MONSIEUR.

Attends, si je te...

POPAUL, *tirant la langue.*

Oui!... je le dirai à maman, moi!... Elle te le
rendra, elle!... Hi, hi, hi!...

Il sort.

MONSIEUR, *seul.*

Qu'est-ce que c'est que ça? *Il décachète la lettre
et tire un prospectus.* Hein!... *Il lit :*

« **Agence des maris... inquiets,** Isidore Lynx et
Cie, 16, Faubourg Poissonnière.
*Dans notre capitale, où les séductions du luxe offrent
chaque jour au cœur pernicieux de la femme, mille
occasions d'...inquiéter l'homme franc et loyal qui lui
a donné son nom... nous avons cru devoir... à leur
service... notre longue habitude des recherches secrètes...
Croire, monsieur... notre sincère sympathie... nos
sentiments les plus dévoués. Isidore Lynx et Cie.* »

Oh! Mais il tombe du ciel, ce prospectus!.. Je
saurai tout!.. Je vole, je... le temps de passer ma...
Il bondit vers l'armoire, perte du cinquième bouton...
Cristi! plus un!.. Allons, où est mon gris... *Il bouscule fébrilement les vêtements qui emplissent l'armoire.*
Voilà!.. non, c'est le bleu!.. ah!.. *Il trouve son
pantalon, le passe en hâte.* Ça y est. *Il enfile une
manche de sa redingote.* Maintenant en chasse, et...
il enfile la deuxième manche. Vengeance!...

Il sort.

II

MADAME, *vingt-six ans, brune, jolie, agitée.*
Oh! les hommes! Me tromper!.. avec une coquine,
une coureuse, une... oh! si je la connaissais!.. je n'en
dors plus, je n'en mange plus!.. Il abandonne son
bureau. L'autre jour, je l'ai suivi toute la journée,
mais rien!.. il s'en est douté. Il est rentré furieux. Et
cette lettre qu'il lisait en sortant!.. Oh! ces hommes!

*Elle prend le pantalon que Monsieur vient de
quitter et le secoue fébrilement.*

POPAUL *entre, une seconde lettre à la main.*

Maman, c'est un homme!...

MADAME, *sans l'entendre.*
Voyez dans quel état il met ses vêtements!..

POPAUL.

Maman c'est un homme!.. *Il la tire par sa robe. La mère se retourne et le gifle.* Qu'est-ce que tu veux, toi?..

POPAUL, *hurlant.*

Hi, hi, hi!.. C'est un homme...

MADAME.

Eh bien?

POPAUL.

Un homme qui a des boutons...

MADAME, *secouant le pantalon.*

Pas comme lui, alors!...

POPAUL.

Des boutons dorés à son habit, qu'a apporté ça. Même qu'il a dit qu'il ne fallait pas que papa le voie... *montrant la lettre, sournois.* L'auras pas...

MADAME *prend la lettre et gifle Popaul.*

Petit drôle!...

POPAUL.

Je le dirai à papa!... Il te la rendra, lui!...

Il sort.

MADAME, *seule.*

Qu'est-ce que c'est encore. *Elle décachète la lettre.*
Hein !...

« **Agence des dames outragées.** Isidore Lynx et Cie,
« 16, faubourg Poissonnière...

« *Dans notre capitale, où les séductions du vice*
« *et de la débauche offrent chaque jour au cœur perni-*
« *cieux des hommes mille occasions d'*...outrager
« *l'épouse chaste et dévouée qui fait l'honneur de son*
« *foyer... nous avons cru devoir... à leur service...*
« *notre longue habitude des recherches secrètes...*
« *croire, Madame... notre sincère sympathie... nos*
« *sentiments les plus dévoués. Isidore Lynx et Cie.* »

Oh ! Mais il tombe du ciel, ce prospectus, je saurai
tout !.. *Elle met sa jaquette.* Il comptait sans l'Agence
Lynx. *Elle met son chapeau.* Pas un instant à perdre.
Il est à son bureau... Oh ! je me vengerai... *Avant
de sortir.* Ce sera terrible.

Elle sort.

III

*L'agence Lynx. — Une vaste pièce d'aspect sévère. A
droite premier plan, une vaste porte ; à gauche, même
plan, une vaste cheminée. Au fond, vastes fenêtres
tendues de velours vert. Entre les fenêtres, un vaste*

*bureau fortifié de vastes cartons et de volumineux
dossiers. Derrière ce formidable bastion, assis dans
un vaste fauteuil,* ISIDORE LYNX. *A droite, devant
une table encombrée de paperasses, la plume en main,*
ERNEST.

LYNX, *grand, tête d'ancien officier de cavalerie,
barbiche blanche, lunettes tombant sur le nez,
décachète et parcourt des journaux entassés devant
lui.*

« Les Petites Affiches. » Voyons. *Il feuillette
rapidement.* Ah! voilà!... *Il lit :* « On demande des
« jeunes gens distingués pour hautes situations dans
« le commerce. Rien des agences. S'adresser à l'agence
« Lynx tous les jours, de 10 à 11. » De dix à onze...
à Ernest. Ecrivez, Ernest : De dix à onze, jeunes
gens distingués. *Le suivant des yeux par dessus ses
lunettes,* ça y est?...

ERNEST, *petit, cheveux en brosse, manchons de toile
noire, finissant d'écrire.*

Distingués... *Soupir.* Ça y est!... *Il réfléchit
quelques instants — à part —* Distingués!... *Second
soupir. Résolûment.* Dites donc, patron?...

LYNX.

Ernest?...

ERNEST.

Puisque vous en avez de si belles situations, pour

des jeunes gens... — *accentuant* — distingués, ne pourriez-vous pas... pour moi... il me semble...

LYNX.

Ernest, vous me désespérez...

ERNEST.

Mais, patron...

LYNX.

Vous n'entendez rien aux affaires. *Gravement.* Sachez, Ernest, que si j'avais une seule des situations que j'annonce... eh bien je ne l'annoncerais pas.

ERNEST, *baba.*

Vous ne...

LYNX, *imperturbable.*

Je la garderais pour moi !... *Il décachète* « Le Figaro ». *Lisant* : « Les chèques du baron... » Non, ce n'est pas ça. *Continuant* : « Annonces et avis divers...! » « N° 7994. — *Brillants mariages.* — Jeune et riche « héritière, 58 ans, jolie, parlant couramment six « langues, épouserait jeune homme sans fortune, mais « bien élevé et d'un commerce agréable. Rien des « agences. S'adresser tous les jours, de onze heures à « midi, à l'agence Lynx... » De onze heures à midi, brillants mariages... Ernest, vous entendez ; de onze à midi...

ERNEST, *achevant d'écrire.*

Voilà, patron... brillants mariages. *Après un instant de silence.* Dites donc, patron, elle a le sac, votre jeune interprète de 58 ans?...

LYNX,

gravement, sans quitter des yeux le journal qu'il lit.

Cinq millions!...

ERNEST.

Cinq millions!... Hé! ça vaut bien un léger sacrifice!... Mais dites donc, patron?

LYNX.

Hein?

ERNEST.

Est-ce qu'elle existe au moins, votre cerbère, votre femme à six langues?...

LYNX, *toujours gravement.*

Certainement, puisque je l'annonce.

ERNEST.

Mais alors, patron, il me semble que moi... je... pourrais... *à part.* Cinq millions!...

LYNX.

Ernest, pour la seconde fois, vous me désolez!... Vous ne comprendrez jamais rien à la réclame!

ERNEST.

Il me semble pourtant...

LYNX,
croisant les bras et regardaut Ernest bien en face.

Sachez, Ernest, que si cette jeune quinquagé-
naire existait... eh! bien, je ne lui chercherais pas
d'époux... je...

ERNEST.

Vous?...

LYNX.

Ça ne vous regarde pas!... Allons laissons cela.
Voyons « Le Petit Journal ». *Il déploie la susdite
feuille.* Un journal sérieux!.. Un journal sérieux!...
Ecoutez bien, Ernest, cet article de première page. Il
est de moi. Dix francs la ligne c'est un peu cher, mais
aussi un million de lecteurs? *à Ernest :* vous y êtes?..

ERNEST.

Des deux oreilles, patron.

LYNX, *lisant.*

« **Un Bienfaiteur de l'Humanité** ». C'est le titre.
Continuant. « Dans son petit boudoir vert pomme,
« la comtesse Fédora ». Ça se passe en Russie, de
l'actualité!... On dirait du Georges Ohnet. « ... lit
« une pantomime de Xanrof. De temps en temps, un
« sourire s'esquisse sur ses lèvres et elle murmure :

« ça c'est du théâtre !.. » *Se carrant fièrement dans son vaste fauteuil*. Hein !.. Est-ce attrapé, triple bedonial Sarcey ?... « ... Soudain, un laquais entre et, crachant « dans le foyer dont les reflets empourprent sa large « face bestiale... » *Avec satisfaction*. Zola signerait ça des deux mains !.. « annonce à la comtesse que Médor « son caniche gris cendré, vient d'être perdu dans la rue « Montmartre par sa femme de chambre Ivanowna. » La scène est à Moscou. Eh bien, Ernest, que dis-tu du début ?...

ERNEST.

Vous avez du style, patron !...

LYNX, *doctoral*.

Non ! je n'ai pas de « style » j'ai de « l'écriture. » Dans le grand monde on ne dit plus style. Apprenez cela pour votre gouverne, Ernest !...

ERNEST.

Mais alors, patron, à quelqu'un qui écr... non, qui forme bien ses lettres, comment lui dit-on ?.

LYNX, *embarrassé*.

On lui dit... *se grattant le front*.. on lui dit... *triomphant :* « vous avez une belle plume !... » Voyez-vous, Ernest, il faut.. Non !... Ecoutez d'abord la fin de mon article. *Il lit*... « Médor perdu !... La comtesse « se dresse sur son sofa, haletante, les yeux hagards, « affolée... Perdu !... Médor est perdu !... » Voilà

deux lignes qui rapporteraient cinquante centimes net
à Richebourg, mais allons toujours. *Il continue de lire.*
« ... une angoisse terrible lui déchire son cœur, elle
« sent une douleur aiguë pénétrer au plus intime de
« son moi... » Bourget salue ton élève!... « ... son
« esprit s'égare, elle roule sur le tapis turc qu'elle a, la
« semaine précédente, acheté 35 fr. 90 à la **Place**
« **Clichy**... » *Se récriant.* Ah! mais non!... Pas de
ça!... Pas de publicité en partie double!... Je ne
paierai que cinq francs la ligne!... Très joli, le procédé,
faire payer dix francs la ligne à une douzaine de
personnes, on peut faire bâtir à ce prix là!... *Reprenant
sa lecture.* « ... Mais quels sont ces cris joyeux?...
« Ce n'est pas un étranger qui apparaît. » Attention!
Ernest, cette apostrophe est mon chef-d'œuvre. Du
vrai style...

ERNEST *l'arrêtant.*

Vraie écriture...

LYNX.

Soit!.. Une vraie écriture académique, un exorde
de distribution de prix!... « ...dans le boudoir portant
« Médor sous son bras. C'est Isidore Lynx, le chef de
« l'agence Lynx et Cie (16, Faubourg Poissonnière,
« escalier A au premier; téléphone; ouverte tous les
« jours — dimanches et fêtes exceptés — de deux
« heures à trois), c'est Isidore Lynx que la comtesse,
« rappelée à la vie par les effluves de l'**Eau de Melisse**
« **des Carmes** (chez tous les Pharmaciens) « Encore!...
Eh bien, soit! autant d'économie. Cela met la ligne à

trois francs trente-trois centimes « ... accable de
« remerciements et proclame bienfaiteur de l'humanité.
« Et le gouvernement ne décore pas un tel homme!... »
Repliant le journal, avec un sourire d'orgueil. Eh
bien, Ernest, que dites-vous ?...

ERNEST.

Patron, vous avez du génie!

LYNX.

Je le sais. Mais soyons modeste!... Nous disions
donc de deux à trois. chiens perdus...

ERNEST *écrivant.*

Chiens perdus. Un point, c'est tout.

LYNX.

Non. Ajoutez : trois à quatre, maris inquiets.

ERNEST.

Hein ?...

LYNX.

Une nouvelle branche, Ernest; ma dernière création.

ERNEST.

J'ignorais, patron.

LYNX.

Ce n'est pas tout. Ajoutez : quatre à cinq, dames
outragées...

Ernest, *après avoir écrit.*

Patron, vous êtes un grand homme!...

Lynx, *tirant sa barbiche.*

J'y songeais, Ernest. Oui ! un homme de méthode surtout. Ainsi, les heures c'est une idée à moi. Dans les autres agences, on mêle tout, on brouille tout. Moi, j'ai des heures. Pas de quiproquos, pas de malentendus possibles. *Dix heures sonnent à la vaste pendule de la cheminée.* Dix heures! Le défilé va commencer. *On sonne.* Tenez, que disais-je?... *à Ernest.* Allons, filez. *Ernest se lève et va pour sortir. Lynx l'arrête.* A propos, je vous dispense de courir après Eugénie autour des tables des pièces voisines quand je suis occupé. Il est indigne d'un commis de l'agence Lynx et Cie de conter fleurette à une domestique.

Ernest.

Je...

Lynx.

Allez, vous dis-je!... *Ernest sort. Lynx va s'établir dans son vaste fauteuil. Monsieur entre par la vaste porte.*

IV

Silence. — Lynx *à son bureau semble plongé dans un vaste travail. Monsieur entre, très digne.*

LYNX, *sans lever la tête.*

Six et huit quatorze, et six vingt; total, dix-huit
cent vingt mille francs, plus le domaine de Blague-en-
Grand, quatorze cent mille francs, soit une fortune
de...

MONSIEUR, *s'avançant, d'une voix calme.*

Monsieur Lynx?...

LYNX, *sans broncher.*

Soit une fortune, disais-je de trois millions deux cent
vingt mille francs. Je réponds donc : — *prenant une
feuille de papier et commençant à écrire* — « Monsieur
et très honorable correspondant... »

MONSIEUR, *à part.*

Va-t-il me faire entendre toute sa correspondance!...
haut, avec une nuance d'impatience. Monsieur Lynx!...

LYNX, *levant la tête, très calme.*

Ah! *Posant sa plume et se levant.* Moi-même Monsieur.

MONSIEUR, *un peu embarrassé.*

Monsieur, il m'est tombé ce matin sous les yeux...
un...

LYNX.

Un numéro des « Petites Affiches ». *A part.* C'est un
fils de famille ruiné qui cherche une position. Oh! je
m'y connais. Je vois ça du premier coup d'œil.

Monsieur, *plus embarrassé.*

Un... non... quelques lignes relatives à...

Lynx, *tend une chaise à Monsieur; tous deux s'asseoient.*

Je vous comprends, Monsieur. Vous êtes dans une situation... critique?...

Monsieur, *de plus en plus embarrassé.*

Critique... Oui... Mais, je ne...

Lynx.

Et vous voudriez réparer...

Monsieur, *très embarrassé.*

Réparer n'est pas le mot... Tout n'est pas... absolument...

Lynx.

Somme toute...

Monsieur, *prenant un parti.*

La chose est simple (*retrouvant son embarras*) J'ai...

Lynx.

Vous avez?...

Monsieur.

Je suis...

Lynx.

Vous êtes...

MONSIEUR.

Je suis.. inquiet. *Remis.* Depuis trois jours, que dis-je, depuis trois mois, depuis..., non, j'exagère, depuis quelque temps enfin, Clara.. me...

LYNX, *à part.*

Un mari inquiet!... Il s'est trompé d'heure... et moi qui... Il faudra que je revoie mon système. *Haut, avec aisance.* Oui!... Madame votre femme vous... Et vous venez recourir aux services de l'Agence Lynx.

MONSIEUR.

C'est cela... Ce ne sont d'ailleurs que de simples soupçons, quelques suppositions .. Je voudrais seulement savoir si... ce que...

LYNX.

Soyez tranquille, vous saurez tout. Mais d'abord, procédons avec ordre, car moi je suis un homme de méthode. Ainsi les heures qui... mais passons. *Gravement à Monsieur.* Avez-vous un cousin?...

MONSIEUR, *étonné.*

Quoi? Un cousin?... Oui, Léopold.

LYNX, *radieux.*

Léopold!... Il s'appelle Léopold!... *Prenant une fiche dans un casier et inscrivant.* Notons : Clara, Léopold.

MONSIEUR, *commençant à comprendre vaguement.*
Mais...

LYNX.

Mais?...

MONSIEUR.

Il a soixante-dix-neuf ans.

LYNX, *avec conviction.*

L'âge n'y fait rien. On a vu des hommes de...

MONSIEUR.

Il est perclus de rhumatismes...

LYNX.

Preuve nouvelle! Signe de jeunesse peu retenue!...

MONSIEUR.

Et vous pouvez croire?...

LYNX.

Je ne crois pas, j'en suis certain.

MONSIEUR.

Vous... C'est vrai, à son dernier voyage il y a cinq ans, il regardait Clara avec des yeux... étranges. Oh! s'il revient jamais... *Résolument,* je veillerai!

LYNX.

Voyez-vous, moi, je crois aux cousins.

MONSIEUR.

Aux cousins?

LYNX.

Oui. Moi aussi, j'ai une épouse que je croyais chaste et pure... Eh bien! Elle m'a été enlevée!...

MONSIEUR.

Par le choléra?...

LYNX, *sombre.*

Non. Par Arthur!... un mien cousin, tambour-major au 68ᵐᵉ dragons.

MONSIEUR.

Le pantalon rouge.

LYNX.

Le pantalon rouge. — *Silence.* Et votre cousin, que fait-il?...

MONSIEUR.

Secrétaire perpétuel de l'Académie de Bayonne.

LYNX.

Ah! il habite Bayonne!...

MONSIEUR.

Depuis trente ans.

LYNX, *revenant toujours à ses moutons.*

Dame!... par correspondance?...

MONSIEUR, *sérieusement.*

Oui! mais c'est moins dangereux!...

LYNX.

Qui sait!... Voyez-vous, j'ai pour principe : « Cherchez le cousin. » Enfin... passons... j'informerai.
Maintenant avez-vous interrogé votre concierge?...

MONSIEUR.

Je suis sûr d'elle. Je lui donne deux louis par mois
pour... et... elle m'affirme toujours.

LYNX.

Cela ne prouve rien... Si, que votre femme lui
donne quatre louis au lieu de deux.

MONSIEUR, *collé, se grattant la tête.*

Je n'avais pas pensé à celle-là!...

LYNX.

C'est égal. On la fera parler. *A monsieur.* Et...
êtes-vous pressé?...

MONSIEUR.

Dame, vous comprenez je voudrais savoir... si...

Lynx.

Oui. Je vous entends. Vous aimeriez être fixé sur... apprendre que vous vous trompiez en pensant que... C'est bon. Soyez tranquille. Nous allons nous mettre à l'œuvre aujourd'hui même et chaque matin vous recevrez notre rapport. Je crois que huit jours suffiront pour nous assurer si...

Monsieur.

Je suis ce que...

Lynx.

Vous craignez d'être.

Monsieur.

C'est entendu. Voici ma carte. Je compte sur vous. *Il se lève, Lynx le reconduit à la porte.*

Lynx.

Je suis, Monsieur, votre très humble...

Monsieur.

Adieu, Monsieur. *A part, en sortant.* Décidément ce Lynx me va.

Il sort.

Lynx revient à son buraau, Soudain, on entend dans la pièce à côté un fracas épouvantable mêlé de rires et de cris. La porte s'ouvre Une petite bonne. paraît toute rouge. Elle court à Lynx.

La petite Bonne.

Monsieur, Monsieur, c'est Monsieur Ernest qui... (*Embarrassée...*) a fait tomber une pile de cartons.

LYNX, *sévère.*

Eugénie, je serai obligé de sévir. Je n'entends pas que ma bonne joue à cache-cache avec mes commis quand je... *On sonne.*

LA PETITE BONNE, *confuse.*

Monsieur, croyez...

LYNX, *geste martial.*

Pas de réplique!... Allez ouvrir.

La petite bonne sort. Lynx va se rasseoir à son vaste bureau. Madame entre par la vaste porte.

Froufrou de jupes. — Madame entre. Epaisse voilette.

LYNX, *s'avance au devant d'elle.*

Madame.

MADAME, *s'inclinant légèrement.*

Monsieur.

LYNX, *à part.*

Une Américaine veuve qui cherche un mari. Je vois ça du premier coup d'œil.

MADAME, *avec un peu d'embarras.*

Monsieur, j'ai lu...

LYNX.

Dans « Le Figaro ».

MADAME, *surprise.*

« Le Figaro »... non... je...

Lʏɴx *tend une chaise à Madame, qui s'asseoit
très embarrassée.*

Je vous comprends, Madame. Rassurez-vous, pour
ces choses délicates vous pouvez vous fier entièrement
à nous. Soyez certaine que...

MADAME, *vivement.*

Ainsi vous pensez pouvoir trouver...

Lʏɴx.

Je ne pense pas, Madame, je suis sûr.

MADAME, *mélancolique.*

J'ai tant souffert. *Soupir.*

Lʏɴx, *d'un ton de profonde compassion.*

Hélas! *Soupir. Silence. Soupirs.*

MADAME, *pensive.*

Pendant huit ans pourtant il m'a été si fidèle...

Lʏɴx, *se frappant le front. A part.*

Fidèle... Chien perdu... et moi qui... Décidément
mon système...

MADAME.

Si tendre...

Lʏɴx, *à part, après un soupir préliminaire.*

Ça doit être un caniche. *A Madame.* Et pourrais-je,
Madame, vous demander quelques détails?.. *Il prend
une fiche dans un vaste casier.* Grand ou petit?...

MADAME.

Grand, noir...

LYNX, *notant.*

« Noir ».

MADAME.

Un long paletot marron...

LYNX, *notant.*

« Marron. » *A part.* C'est un caniche, j'en étais certain. *Haut à Madame.* Coupé en lion?

MADAME.

Non, rasé.

LYNX, *à part. Notant*

Nous disons donc : grand caniche noir tondu. *A Madame.* Et.. ne portait-il pas un collier?...

MADAME, *surprise.*

Un collier... non... une simple bague...

LYNX, *notant.*

Une bague.

MADAME.

...A la main gauche.

LYNX, *stupéfié.*

A la main gauche!...

MADAME.

Et le monocle, mais pas toujours.

LYNX, *à part.*

Hein!... Une dame outragée!... Sacré système d'heures! Il faudra que je revoie ça. *Avec aisance à Madame.* Soyez tranquille, Madame, nous trouverons. *à part.* Mais quoi diable?...

MADAME, *vivement.*

Alors vous croyez que...

LYNX, *avec aplomb.*

J'en suis convaincu.

MADAME.

Cette femme pour laquelle il... vous me la ferez connaître?... *S'emportant.* Oh, quand j'en serai sûre je la...

LYNX.

Vous la...

MADAME, *naïvement.*

Je ne sais pas ce que je lui ferai... Mais ce sera... *Changeant d'idée. A Lynx.* Vous vous mettrez à l'œuvre dès aujourd'hui, n'est-ce pas?...

LYNX.

Dès aujourd'hui.

MADAME.

Et quand pensez-vous?...

LYNX.

Huit jours suffiront, je crois, pour...

MADAME.

Oh! d'ailleurs je veillerai de mon côté. *Se levant.*
C'est donc entendu, Monsieur, voici ma carte. (*Elle
tend sa carte à Lynx.*) Monsieur.
LYNX, *s'inclinant et la reconduisant sans lire la carte.*
Madame. *Madame sort.*

LYNX, *jetant les yeux sur la carte.*

Eh!... Le mari et la femme!... Décidément, Ernest
a raison, j'ai du génie.

VI

*La salle à manger dans l'appartement de Monsieur
et de Madame.*

MADAME, *seule, agitée, une lettre à la main. Lisant.*

« Journée du mardi 3... De dix à onze au *Bon
Marché*, parcourt différents rayons, s'arrête aux Dentelles, cause longuement avec la vendeuse. Impossible
d'entendre la conversation et de connaître l'achat. Se
rend à la caisse, donne une adresse et sort. Prend le
fiacre 18519, se fait conduire rue de Rivoli, 242, au
Restaurant Bonboulot et déjeune... » *S'arrêtant,
fiévreuse.* Cause avec la vendeuse... cause longuement!... Il me préfère une fille de boutique, une...
Mais le voici... dissimulons!... *Elle ouvre un tiroir
du buffet et fait semblant d'y chercher quelque chose.
Entre Monsieur, un portefeuille sous le bras, l'air
affairé, harponné par Popaul, qui traîne après lui un
énorme Polichinelle dont la tête est décollée.*

POPAUL, *à son père.*

Dis, papa, rarrange-le, dis. Je lui ai cassé la tête...
Tu m'as dis que tu le recollerais !... *Il fourre l'immense
Polichinelle sur le portefeuille de Monsieur...* Tu me
l'as dit...

MONSIEUR, *furieux, gifle Popaul.*

Tiens !.. Je ne te l'avais pas dit, ça ! Tu l'as quand
même !... Tu m'agaces à la fin. Fiche-moi le camp !...

POPAUL, *hurlant.*

Mon Polichinelle !.. Hi ! hi !...

MONSIEUR, *jetant le Polichinelle en l'air.*

Tiens le voilà, ton sale pantin !.,. Cristi ! quel être !...

POPAUL, *le ramassant en hurlant de plus belle.*

Hi, hi, hi !... Tu me l'avais dit pourtant... hi, hi...

MADAME, *sans rien dire va prendre Popaul par la main.*

Viens, mon Paul, je vais te le raccommoder, ton
Polichinelle, moi. Laisse ton père — (*accentuant*) — à
ses affaires.

Elle sort, traînant Popaul après elle.

MONSIEUR, *seul.*

Mes affaires... Elle cherche un prétexte... Et moi
qui hier... au **Bon Marché**, pour l'anniversaire de
notre mariage, ai été acheter... (*Sèchement*). Enfin, je
ne m'en repens pas. Je voulais tenter une dernière
épreuve... **Maintenant, après la lettre de Lynx surtout,**

il n'y a plus à douter. — *Entre une bonne qui met le couvert. Monsieur, à part, tirant une lettre de son portefeuille, lisant.* « Journée du 13. Sortie à midi, rentrée à sept heures... Parcourt le Boulevard à pied. Entre chez un marchand de meubles. Parle longuement avec un monsieur. Prend un fiacre, se fait conduire...» Oui, elle va chez sa tante ensuite.

Mais lui, l'homme mystérieux, l'X, quel est-il?... Il faut que je voie Lynx à tout prix.

Rentre Madame harponnée par Popaul. Monsieur serre précipitamment sa lettre dans son portefeuille.

MADAME, *à Popaul.*

Il me faut de la colle, te dis-je, et je n'en ai pas. Après le déjeuner, j'en enverrai chercher, mais maintenant, à table... *A la bonne qui entre.* Anna, asseyez Monsieur Paul à sa place et mettez-lui sa serviette.

POPAUL, *hurlant et se débattant.*

Non!.. Envoie chercher de la colle!... Je ne veux pas manger!... Il n'est pas midi!... Il est onze heures dix... Envoie chercher la colle!... *A Monsieur.* N'est-ce pas, papa, qu'il n'est pas midi.

MONSIEUR.

Cet enfant a raison. Je croyais avoir donné l'ordre de servir tous les jours à midi...

LA BONNE.

Oui, Monsieur, mais Madame... *Embarrassée.* Madame a à sortir...

MONSIEUR.

C'est bien. Je m'incline. Si Madame a — *accentuant avec ironie* — à sortir. *A Popaul qui tourne autour de lui.* A table, Paul ! *Monsieur et Madame s'asseoient.*

POPAUL, *mettant son Polichinelle sur la chaise de son père.*

Tu me le rarrangeras ? *Il se met à table et rapproche sa chaise de son père.*

MONSIEUR.

Oui. *Accentuant.* Je tiens mes promesses, moi. *Silence. — Bruits de fourchettes brefs et secs. — Tableau.*

MADAME, *à la Bonne qui se tient à ses ordres.*

Anna, vous direz à la cuisinière que cette viande était immangeable. Tout ce côté est brûlé. Desservez.

MONSIEUR.

Pardon. Ce rôti est excellent. Pas assez cuit peut-être. Passez-moi le plat, Anna.

MADAME, *furieuse, à part.*

Il cherche à rompre... Et moi qui ai été hier lui acheter sa bergère Louis XV pour l'anniversaire de notre... Enfin je n'aurai rien négligé...

POPAUL.

Oui, oui ! Elle est très bonne, la viande, Donnez-m'en encore, Anna, encore.

MONSIEUR.

Non, voyons, laisse ce plat. Tu en étoufferais, à la fin. Emportez, Anna.

POPAUL, *hurlant.*

Du rôti, Anna, du rôti!...

MADAME, *intervenant, à la bonne.*

Donnez encore une tranche de rôti à Monsieur Paul. Le pauvre enfant n'a pas mangé son chocolat, ce matin. *Servant elle-même Popaul.* Tiens, mon chéri.
POPAUL, *rapprochant sa chaise de sa mère, bas.*
Tu m'en feras acheter un pot, dis?...

MADAME.

Oui.

POPAUL, *apercevant dans la poche de sa mère une enveloppe jaune qui dépasse. A part.*

Tiens une comme celle que papa cache tous les jours dans sa serviette. *Il mange quelques bouchées puis s'arrêtant soudain.* Ah! Je n'ai plus faim.
Silence, cliquetis de fourchettes. Popaul baille en regardant son Polichinelle. Bruit de timbre.

POPAUL.

On sonne. *Il va entr'ouvrir la porte pour voir qui arrive. On entend discuter dans l'antichambre.*

LA VOIX DE LA BONNE.

Monsieur et Madame sont à table...

Autre voix.

Je vous dit qu'on m'attend, morbleu!...

Un ami, *entrant.*

Ouf!... Bonjour, chers, comment va?... Votre femme
de chambre est vraiment enragée, il m'a fallu lui passer
sur le corps.

Monsieur, *se lève. A part, furieux.*

L'animal!.. *Haut.* Que vous êtes aimable, mon cher,
asseyez-vous donc.

L'Ami, *saluant Madame.*

Madame.

Madame.

Monsieur. *A part.* Qu'est-ce qu'il veut encore, celui-
là?... *Monsieur tend une chaise. L'ami s'y laisse choir.*

L'Ami.

Merci. Ouf!... Je n'en puis plus. Moulu, mon cher,
je suis absolument moulu. Ma femme s'est mis en tête
de donner sa soirée le 20 au lieu du 28, depuis trois
jours je ne sais plus comment je vis... Je viens vous
prévenir... Nous comptons sur vous, c'est entendu...
Et voyez comme nous sommes affolés. Claire et moi.
Montrant Madame. Nous rencontrons Madame hier
chez le tapissier, nous bavardons une heure avec elle,
et ni l'un ni l'autre ne songe à la Soirée. Enfin, voilà
l'oubli réparé... Encore, si je n'étais pas retourné
chez le tapissier ce matin, je n'y pensais pas... A ce
propos, vous devez me remercier. Sachez que c'est
moi qui ai décidé Madame à prendre la bergère...

MONSIEUR, *étonné.*

La bergère?...

L'AMI.

Oui, ce meuble de Boule qu'on voulait vous donner
n'était vraiment pas dans le style de votre salon.

MONSIEUR, *très étonné à Madame.*

Quoi, Clara, vous auriez?...

MADAME, *serrant les lèvres.*

Oui... J'ai pensé à l'anniversaire, moi!...

MONSIEUR, *à part.*

Ainsi c'était pour acheter... qu'elle est sortie hier...
Et moi qui...

L'AMI, *à Monsieur.*

Et vous avez-vous bien fait les choses?

MONSIEUR, *embarrassé.*

Dame, vous savez...

MADAME.

Les hommes ont tant d'autres soucis...

LA BONNE, *entrant, un paquet à la main.*

Voici un paquet que l'on apporte du **Bon Marché**
pour Madame.

MADAME, *à la bonne.*

Bien. *A part, surprise.* Du **Bon Marché**!... *Elle
défait le paquet.* Une mantille de dentelle.

MONSIEUR, *d'un air piteux.*

La vendeuse m'a dit que c'était ce que l'on faisait de mieux.

L'AMI.

Eh! Eh!... En Valencienne! *A Madame.* Et vous direz ensuite qu'on ne vous gâte pas.

MADAME *à part.*

La vendeuse... C'était pour acheter cette mantille qu'il... Et moi qui me figurais...
Silence embarrassé.

L'AMI.

Eh bien!... L'on ne se remercie pas?... *Même silence.* Ah! je comprends. Il vous faut être seuls. Je suis de trop. Allons, je vous laisse, adieu.

MONSIEUR, *cherchant à le retenir.*

Mais, mon cher, je vous jure...

L'AMI, *sortant.*

Adieu, adieu!... Le 20, à dix heures, on dansera.
Il sort.

MONSIEUR, *rentrant.*

Le voilà parti.
Silence. Popaul a profité de la venue de l'ami pour aller prendre la lettre de Lynx dans le portefeuille de Monsieur et pour subtiliser adroitement la missive du même personnage dans la poche de robe de sa mère. Il tient une des lettres dans chaque main et les compare gravement. Monsieur et Madame s'observent, sans oser l'un et l'autre parler le premier.

MONSIEUR, *toussant.*

Hem! hem!...
Soudain ils se décident en même temps.

MONSIEUR.

Clara, je...

MADAME.

Achille, j'ai...

MONSIEUR.

Je voulais vous...

MADAME.

Je pensais...

POPAUL, *il est debout sur le devant, son Polichinelle
sous son bras, tournaut le dos à ses parents.*

Isi-do-re... Lynx, Isi-do-re Lynx... et Cie... et Cie...

MONSIEUR ET MADAME, *se retournant d'un bond.
Chacun, à part, anxieux.*

Isidore Lynx!...

POPAUL, *dépliant les lettres.*

Ma-ris in-qui-ets..

MADAME.

Maris inquiets... *A Monsieur.* Comment Monsieur,
vous avez cru?...

POPAUL.

Da-mes ou-tra-gées...

MONSIEUR, *à Madame.*

Quoi, Madame, vous avez supposé...

POPAUL, *lisant toujours.*

« Total pour la semaine : Deux cent quarante-huit francs cinquante. » Et là : « Deux cent vingt-trois francs, soixante quinze. » *Hochant la tête.* C'est beaucoup d'argent, ça !... Au moins dix Polichinelles !...

A ce trait, Monsieur et Madame qui se regardaient très rouges, très confus, éclatent de rire. Silence.

MONSIEUR *enfin à Madame, baissant la voix, embarrassé.*
Vous m'en voudrez toujours, Clara ?

MADAME, *de même.*

Non !... Si vous me pardonnez... *Elle tend la main à Monsieur qui la lui prend ; ils s'asseoient l'un à côté de l'autre et causent quelques instants à voix basse.*

MONSIEUR, *riant.*

Ainsi, notre petite fantaisie nous coûte ?...A vous ?...

MADAME, *de même.*

Deux cent quarante-huit francs.

MONSIEUR.
Et à moi ?...

MADAME.

Deux cent vingt-trois.

MONSIEUR.
Ce qui prouve...

MADAME.

Qu'il est plus difficile de surveiller un homme qu'une femme.
Ils rient. Silence.

MONSIEUR.

C'est égal, vingt-cinq louis... pour savoir que...

MADAME.

Nous n'avons jamais cessé de nous aimer...

MONSIEUR.

C'est un peu cher.

MADAME.

Vous trouvez?...

MONSIEUR.

Eh bien, non!... Vous avez raison. Tant d'autres certains du contraire, paieraient cent louis le même renseignement.

POPAUL *toujours sur le devaut, les lettres sous son bras, tenant d'une main le corps de son polichinelle, de l'autre la tête cassée; et les contemplant d'un air navré.*

Et pourtant... il m'avait dit qu'il l'arrangerait!... Il me l'avait dit!...

IL NE FAUT PAS RÊVER TOUT HAUT

Vaudeville en un acte

en collaboration

avec M. André SERPH.

PERSONNAGES

GONTRAN DE LESTRADE.

HECTOR MOUFLAKET.

FIRMIN.

JULIETTE.

ARTHÉMISE.

La scène est à Paris, chez DE LESTRADE

*Un Salon. — A droite une table chargée
de papiers. A gauche, un sofa.*

SCÈNE I

GONTRAN *entre brusquement,
furieux, il jette son chapeau sur une chaise.*

Monstrueux!... Monstrueux!... Absolument monstrueux!... Il ne se doutait pas à qui il avait affaire...
Il me heurte; je me retourne : flic! flac!... Nous
échangeons nos cartes et nous nous battrons demain.
Voyons un peu le nom du monsieur. *Il lit.* « Hector
Mouflaket » Connais pas!... *Après une pause.* Au
fond, j'ai été un peu vif!... Mais que diable! Il y
avait de quoi être en rage : voir siffler un drame
comme les « **Mystères de Montrouge** » où tout mon
génie se révèle, auprès de qui toutes mes œuvres
dramatiques ne sont que des... Non! Elles sont moins
admirables, voilà tout! Ah! si je n'avais pas pour me
consoler ma prochaine tragédie *(pompeusement)* « **Arthémise ou la Vertu récompensée!** » Mais bah! toujours
est-il que j'ai fait un four et un beau four!... Avec
cela, Juliette qui va m'attraper pour être resté toute la
nuit dehors!... Comme si je m'étais fait tant de bon
sang dehors!... Je suis resté toute la nuit chez Chose
à retaper trois scènes dont la censure ne veut pas!...
Les scènes de corruption, allusions politiques paraît-

il... Et puis, si elle savait que je vais me battre en duel!
Après tout, elle n'a pas besoin de le savoir : je m'en
vais l'envoyer passer la journée chez sa mère, ce sera
le seul moyen de ne pas voir ma chère belle-mère
aujourd'hui.

SCÈNE II

JULIETTE, GONTRAN.

JULIETTE *entre, elle saute au cou de son mari.*

Bonjour, vilain!... Où avez-vous passé la nuit,
monsieur?

GONTRAN, *bourru.*

Où j'ai passé la nuit?.. Eh bien, je l'ai passée... je
l'ai passée... pas mal, pas mal!... (*Brusquement*) Et
vous, avez-vous bien dormi?

JULIETTE *étonnée.*

Mais...

GONTRAN.

Les « **Mystères de Montrouge** » ont fait un four!
Là!... Es-tu contente?...

JULIETTE.

Et, pour te consoler, tu n'es pas venu retrouver ta
petite Juliette?...

GONTRAN.

Venir te retrouver!... J'avais bien d'autres choses
à faire! Oh! les femmes! les femmes! vous croyez
qu'on n'a jamais qu'à s'occuper de vous...

(*Il va à la table et bouscule fébrilement livres et
papiers. Silence.*)

GONTRAN *se retonrnant.*

Alors tu vas passer la journée chez ta mère?... (*à part, amèrement*) cette bonne Madame Ramollet!....

JULIETTE *à part.*

...Il me chasse!... Oh!... Je comprends tout!... (*Hant.*) Oui, Monsieur, je vais chez ma mère... elle m'aime, au moins (*accentuant*)... elle!...

GONTRAN, *à part.*

Elle boude. Adieu, mignonne... (*à part.*) Il faut que j'aille écrire à Dubranchard et à Bredouillard pour leur demander d'être mes témoins. (*Il sort*).

SCÈNE III

JULIETTE *seule.*

...J'en étais bien sûre!... Après trois mois de mariage, il me trompe!... Maman me l'avait bien dit, tous les hommes sont des... Il était pourtant si gentil au commencement! Oh!... Cette Arthémise, je la hais!... Elle s'appelle Arthémise; il répète son nom dans ses rêves; je l'ai entendu la nuit dernière... et maintenant il me chasse, pour mettre cette créature à ma place. Oh! mais cela ne se passera pas ainsi... je me vengerai!... je me vengerai!... Le voici!... Une idée!... La loi du Talion!...

(*Elle va s'étendre sur le sofa et fait semblant de dormir*).

SCÈNE IV

GONTRAN, JULIETTE *sur le divan.*

GONTRAN, *entrant sans voir Juliette.*

Enfin, me voilà tranquille, l'autre est chez sa mère !..
Elle n'y verra rien !...

JULIETTE *à part.*

Elle n'y verra rien ! Si... Je verrai tout !... Oh !...
cette Arthémise *(faisant semblant de rêver)* Hector !..
Hector !... Mon Hector !...

GONTRAN *se retournant.*

Tiens, elle n'est donc pas partie ?...

JULIETTE *même jeu, criant plus fort.*

Hector !... Mon bel Hector !...

GONTRAN.

Elle dort... La voilà qui rêve !...

JULIETTE *même jeu, de plus en plus fort, avec des
gestes convulsifs.*

Hector !.. Mon Hector adoré !... Ah !.. Hector !..

GONTRAN.

Hector ! Hector !... que dit-elle !

JULIETTE *même jeu.*

Je t'adore !

GONTRAN.

Elle l'adore!...

JULIETTE.

Je suis à toi!...

GONTRAN.

Elle est à lui!... Ah ça... Serais-je?... Ah!...
Mais non!... Cela ne se passera pas ainsi!... Et moi
qui la croyais... Après trois mois de mariage!.. Elle
était pourtant si gentille au commencement!...
A-t-on idée de cela, me tromper!... Et avec qui
encore?... Avec un Hector!... Oh! Cet Hector!...
Cet Hector!... Je le hais!... Que faire?... Si je...
Mais non!... Ah! ma tête éclate!... je suis comme
un fou!... je n'en puis plus!...

(*Il sort.*)

SCÈNE V

JULIETTE *seule. Elle se relève.*

Ah! Ah!... Messieurs les hommes!... Vous vous
figurez que vous pourrez impunément nous tromper
sans que nous nous vengions jamais!... Non! non!
sachez-le bien... Non! Non! Non! (*elle met son
chapeau et sonne. Firmin paraît.*) Firmin! vous direz
à Monsieur que je suis chez ma mère! (*Firmin sort.*)
Non! Je ne pars point!... je reste ici!... Je la verrai,
cette Arthémise!... Je lui arracherai les yeux!.. (*elle
se cache derrière une porte.*)

SCÈNE VI

GONTRAN *rentre, en se boutonnant, essayant de paraître calme. (A part.)*

Nous allons avoir une explication!...

(*Il s'aperçoit que Juliette n'est plus là. Il sonne. (A Firmin.)*) Où est Madame?

FIRMIN.

Madame vient de partir chez sa mère.

GONTRAN.

C'est bien. Laissez-moi!

Firmin sort.

GONTRAN.

Elle a bien fait de partir!... Je l'aurais tuée... Malheur! Trois fois malheur!... Oh!... Si je n'avais pas « Arthémise! »

JULIETTE *à part. Elle a entrebaillé la porte et écoute.*

... Je lui arracherai les yeux, à cette femme!...

GONTRAN.

...Ce n'est que pour elle que je vis!... C'est mon dernier espoir!... C'est mon unique consolation!... Mon « Arthémise! »

FIRMIN *rentre, tenant deux lettres à la main.*

(*Sur ces derniers mots, scandalisé.*) Son Arthémise! Monsieur a une Arthémise!...

GONTRAN *se retournant.*

Eh bien, qu'est-ce que c'est!...

FIRMIN *balbutiant.*

Monsieur!... C'est... C'est... (*à part.*) Oh! les femmes (*Haut*) ce sont deux lettres... qu'on vient d'apporter pour Monsieur.

GONTRAN.

Allons! Donne-les, voyons! (*il lui arrache les lettres,*) (*il lit,*) (*à part.*) Mon cher ami, impossible absolument de... Enfin, quoi il refuse, là! (*Il décachète l'autre lettre*). Excuse-moi, je te prie... Bon c'est bien!... (*Haut*). Me voilà sans témoins!

JULIETTE *à part.*

Il compte sans moi! Oh! Je verrai tout.

FIRMIN *à part. Il ne peut pas en revenir.*

Je n'aurais jamais cru ça de Monsieur!...

GONTRAN *prend son chapeau, se retourne pour sortir et se heurte à Firmin.*

Qu'est-ce que tu as donc à me regarder comme ça, animal!...

FIRMIN *embarrassé.*

Je voulais dire à Monsieur...

GONTRAN.

Bien! bien! je sors. Si l'on vient, faites attendre .

SCÈNE VII

FIRMIN *seul.*

Oh! cette Arthémise! cette Arthémise! Je la hais!
Monsieur qui était si rangé auparavant, qui ne quittait
pas la maison, le voilà qui... Ah! ça me ronge le
cœur, à moi, de voir faire des folies pour des femmes!
Moi, je suis un garçon chaste, oui, chaste, et je m'en
vante. Autrefois je disais à Caroline : « Ma sœur, sois
toujours chaste!... La chasteté! la chasteté, vois-tu,
il n'y a que ça de vrai... » Eh bien! Ça ne l'a pas
empêchée de partir avec un lieutenant de cavalerie.
C'est pour ça que je ne dis pas à monsieur d'être
chaste : ça ne l'empêcherait pas d'aimer son Arthémise!... L'amour, ça ne se raisonne pas. Pourtant,
moi, je crois que si j'aimais, ça serait... chastement.
(*avec orgueil*) Oui, mais, moi, j'ai des principes :
j'aime les gens honnêtes. Quand j'entre chez mes
maîtres, je voudrais pouvoir leur dire : « Monsieur et
Madame sont-ils chastes?... » Je l'ai même fait une
fois, mais ça n'a pas réussi. Quand je suis sorti de
chez le baron, oh, cet homme, trois maîtresses à la
fois, trois — je devais rentrer chez le vicomte. Mais
auparavant, j'allai le trouver et je lui dis : « avant
d'entrer à son service, monsieur le vicomte me per-
mettra-t-il de lui poser une question? » — « Voyons.
— « Monsieur est-il chaste? » — « Hein? Quoi?... »
— « Monsieur est-il chaste?... » Non, je ne le
demanderai plus à personne... (*il se frotte*) je n'ai

pas pu marcher pendant huit jours... Ici, j'avais cru trouver la place de mes rêves : d'habitude, un jeune ménage, c'est doux, c'est rangé. Et Monsieur qui a une Arthémise Eh! bien! là! moi je trouve cela immoral.

On sonne.

SCÈNE VIII

JULIETTE *seule.*

Ah! si tous les hommes étaient comme ça. (*Entre Arthémise suivie de Firmin.*)

ARTHÉMISE.

Eh bien! je vais l'attendre (*elle s'asseoit.*)

FIRMIN *à part, levant les bras au ciel.*

La voilà, son Arthémise!
(*Arthémise se relève. Firmin la voit.*)
Caroline!!!...

ARTHÉMISE.

Ma foi, oui, c'est moi!...

FIRMIN *tragique.*

Caroline!!! Qu'as-tu fait de ta chasteté?

ARTHÉMISE.

Ah! mais non, tu sais, laisse-moi tranquille!... C'est de l'histoire ancienne! Si c'est comme ça que tu me dis bonjour.

Firmin la regarde ahuri.

ARTHÉMISE.

Tiens! monsieur boude ! Je n'aime pas ça, tu sais,
fiche-moi le camp. Allons et plus vite que ça.

FIRMIN *même jeu.*

Oui! Oui! je m'en vais, va... (*en sortant*) Et moi
qui lui disais toujours : « Caroline...

(*Il sort.*)

SCÈNE IX

ARTHÉMISE. JULIETTE (*cachée.*)

ARTHÉMISE.

A-t-on vu un animal pareil! S'il croit que ça
m'amusait de perdre mon temps et ma jeunesse à faire
les fleurs pour quinze sous par jour, et d'entendre ses
sermons par dessus le marché! Ah! Mais non!... J'ai
fait comme tant d'autres et je n'en suis pas plus malheureuse... — Mais ce n'est pas tout ça. Me voilà
chez mon Gontran. Un brave garçon, très chic,...
j'espère qu'il ne va pas faire poser sa petite Arthémise!...

JULIETTE.

C'est elle!... La sœur de son domestique!...

ARTHÉMISE *ôtant son chapeau.*

Il est gentil, mon Gontran... Surtout il est excen-
trique. Et puis, il a un joli nom : c'est doux à dire :
Gontran!...

JULIETTE

Oh! ces créatures!... comme elles savent aimer!..

ARTHÉMISE, *elle se lève.*

C'est gentil ici, un vrai nid... un bon divan...
bien moelleux... ça a l'air un peu bourgeois...

JULIETTE.

L'appartement de ma mère!...

ARTHÉMISE

J'aime mieux mon boudoir!

JULIETTE.

Son boudoir!... Si ma pauvre mère l'entendait,
elle qui s'est sacrifiée pour nous donner son entresol!

ARTHÉMISE *aperçoit une photographie.*

Tiens! Tiens! Une femme!

JULIETTE

Mon portrait!...

ARTHÉMISE

Elle est gentillette! (*se regardant dans la glace*)...
C'est égal! Je suis mieux!...

JULIETTE

Gentillette!...

ARTHÉMISE

Elle n'a pas de vilains yeux...

JULIETTE

Pas vilains!...

ARTHÉMISE

Mais elle doit être blonde!... Non, je n'aime pas les blondes!...

JULIETTE

Oh! Me faut-il entendre les railleries de cette fille!...

ARTHÉMISE *impatientée*.

A la fin, va-t-il venir, mon Gontran!... (*elle tire sa montre*) Neuf heures et demie!... Aurait-il oublié le rendez-vous!... Relisons sa carte (*elle lit*) « Gontran de Lestrade » — auteur dramatique... — C'est toujours commode d'avoir un ami auteur dramatique : quand on ne sait pas où passer sa soirée, on lui demande des places, (*elle tourne la carte et lit*) « Mon petit chat!..

JULIETTE.

Son petit chat!...

ARTHÉMISE.

« ....Sois demain chez moi à neuf heures; nous passerons une bonne matinée. Mille baisers sur tes lèvres roses. » Eh bien!... m'y voici, chez lui; pourquoi n'arrive-t-il pas?... Il me parlait cependant avec tant de tendresse hier!... Il m'a glissé cette carte au sortir du théâtre. Pauvre garçon!... pas forte sa pièce... mais il est gentil, lui... et puis... il doit avoir de ça...

JULIETTE.

Je n'y tiens plus!...

ARTHÉMISE.

Oui... mais je n'aime pas poser. Puisqu'il n'est pas
là, je m'en vais. Je reviendrai tout à l'heure!...

(*Elle sort.*)

SCÈNE X

JULIETTE *sort de sa cachette.*

Oh!... C'est indigne!... Cet homme est un
misérable!...

GONTRAN *à la cantonnade.*

...Madame est-elle rentrée?...

FIRMIN *à la cantonnade.*

Non, monsieur!... Je crois avoir déjà dit à Monsieur
que Madame était partie chez sa mère...

JULIETTE.

Oui, oui! J'y vais, va, je ne veux pas rester un
instant de plus dans cette maison... (*elle sort par le
fond.*)

SCÈNE XI

GONTRAN *entre par la droite, furieux.* (*A Firmin.*)
Bon, laisse-moi... — Au diable le métier d'auteur
dramatique!... Je vais chez Duchambart lui demander
d'être mon témoin. Je passe ma carte au domestique.
Voilà le cuistre qui me regarde d'un air bête en disant :

« Ah!... C'est vous dont la pièce a fait un four hier
soir! » — « Est-ce que ça te regarde, imbécile!...
Duchambart est-il là?... » — « Non, monsieur!... »
J'allais m'en aller quand le larbin me rattrape et me
dit d'un air encore plus stupide : « Dites donc Monsieur... » — « Quoi? » — « Puisque votre pièce a
fait un four... » — « Eh bien?... » — « ...Il ne doit
y avoir personne dans la salle .. Est-ce que vous ne
pourriez pas me donner des places pour y emmener
Adèle?... » Vous pensez si je lui en ai données. Je
sors furieux et je cours chez Goranflard. — « Mon
cher, j'ai une... » — « Oui, mon ami, je comprends
ton désespoir!... » — « Imagine-toi qu'hier soir... »
— « Que veux-tu, ce sera pour ta prochaine pièce! »
— « Je viens te demander d'être mon... » —
« Personne ne comprend mieux que moi... » — « Oui
ou non, veux-tu être mon témoin? Je me bats demain
matin... » — « Impossible, mon cher, il faut que
j'aille au mariage de Zéphirine, tu sais, la petite
qui... » — « Oui, oui, oui... Allons, merci quand
même, au revoir!... » Je descends l'escalier, il me
rappelle... — « Quoi?... » — Eh bien, dis donc :
puisque ta pièce a fait un four... » — « Hein?.. » —
« Il ne doit y avoir personne dans la salle. Donne-moi
donc deux places pour... » Je l'ai planté là : il était
ahuri; il me criait par la fenêtre : « deux fauteuils...
rien que deux fauteuils. » Je cours chez mon vieux
collaborateur Granticard. — « Mon vieux, il faut que
tu me rendes un grand service... » Tu peux retaper
tes **Mystères**! Non, mon cher, vois-tu, laisse-les tran-

quilles. J'ai une idée splendide : trois actes, huit
tableaux, un clou, oh! un clou... épatant! surpassant.
Tu sais : des pompiers qui éteignent un incendie sur
la scène... De la vraie eau,... » — « Oui, oui, mais
veux-tu?... » — « Si je veux! Mais bien sûr, puisque
je te le propose! » — « Non! je m'en fiche de ta
pièce..., veux-tu être mon témoin?... » — « Ah! tu
te fiches de ma pièce!... Elle vaut pourtant bien ton
sale mélo, tu sais... Mais plutôt... Puisque ta pièce
a fait un four... » — « Eh! Dis donc!... » — « Il ne
doit y avoir personne dans la salle; tu pourrais bien
me donner deux places pour... » Je bondis sans
l'écouter : il était en rage! il hurlait d'une voix tonnante : « ...Oui!... Elle vaut mieux que ton sale
mélo, elle ne fera pas un four, elle!... » J'allais
remonter dans mon sapin; voilà le cocher qui me
dit : « C'est donc vous, bourgeois, dont la pièce a fait
un four?... » (*on sonne*) (*on entend discuter à la
cantonnade*)... Les témoins du monsieur!... Allons
passer ma redingote.   (*Il sort.*)

SCÈNE XII

MOUFLAKET, FIRMIN.

MOUFLAKET.

Hector Mouflaket, te dis-je, le cousin de ta maîtresse.
Allons, et déguerpis plus vite que ça. Va dire à ta
maîtresse que me voici.

FIRMIN *à part.*

Tiens, madame aussi. Eh bien non! je trouve cela...
immoral!...   (*Il sort.*)

SCÈNE XIII

MOUFLAKET

Ma foi, oui ! Il y a un mois, je me suis dit : Mouflaket mon ami, te voilà riche ; il s'agit de lâcher cette belle terre d'Amérique et de retourner dans ta vieille bête de France. Que voulez-vous ! Je voulais revoir Paris. Ah ! Paris ! la ville des femmes !... Moi, j'aime les femmes ! Je les ai toujours aimées ; — Je m'en souviens encore. Quand papa m'appela et me dit : « Hector tu es mon fils !... » — « Peut-être bien, papa. » — « Tu m'as dépensé beaucoup d'argent. » Ah ! papa !... « Avec des petites femmes. » — « Peut-être bien, papa. » — « Eh bien ! il faut que ça cesse. Tu vas commencer par lâcher Coralie, douze cents francs par mois, c'est ruineux. » — « Oui, papa ! Ah ! c'était dit de bon cœur : j'avais lâché Coralie depuis huit jours. — « ... Et tu vas filer en Amérique, chez Jack Brodston et Cie nos correspondants. » Eh bien non ! ça ne m'allait plus ! J'avais fait la connaissance la veille d'une petite... oh ! adorable... Elle s'appelait... attendez... enfin peu importe, elle était... oh ! (*il baise ses doigts*)... je ne vous dis que ça ! — Enfin, j'ai pourtant suivi le conseil paternel : au lieu de manger de l'argent, j'ai mangé de la vache enragée, je suis devenu riche, et je reviens dans mon vieux Paris retrouver mes copains et mes petites femmes... car j'aime les femmes : je les ai toujours aimées. (*il se promène*). Je ne suis arrivé qu'hier soir, eh bien ! j'ai

déjà fait la connaissance d'une petite, oh! adorable..
Elle s'appelle... Arthémise. Je l'ai rencontrée au
théâtre. Mais chut! Ramollet est un rigide... Ah!
pourtant, quand il était garçon, je m'en souviens...
dans cette même chambre, avec une petite... oh!
(*même jeu*) je ne vous dis que ça!... nous avons fait
bien des fois la fête. Mais il s'est rangé, et la chambre
de... attendez... enfin peu importe son nom... oh!
adorable! est devenue la chambre conjugale, et le
salon où nous faisions de si bonnes parties avec la
petite... oh! (*même jeu*) je ne vous dis que ça, est
devenu le salon où j'ai bercé ma petite Juliette, ma
filleule. Mais je vais la revoir, cette chère enfant. (*il
aperçoit le portrait de Juliette*). Tiens, une femme...
oh! adorable!... (*même jeu*) je ne vous dis que ça!..
Mais c'est elle, c'est ma petite Juliette... ma chère
petite Juliette...

SCÈNE XIV

GONTRAN, MOUFLAKET.

GONTRAN.

Hein!... sa petite Juliette!... serait-ce lui?...

MOUFLAKET *même jeu*.

Cette chère mignonne!...

GONTRAN.

Et c'est avec cet homme qu'elle me trompe!... le
voilà, son Hector!... son petit Hector!...

MOUFLAKET *même jeu.*

Elle est gentille à ravir!...

GONTRAN.

Non! Mais franchement, je crois que je suis mieux que cet individu!...

MOUFLAKET.

Je crois la voir encore!...

GONTRAN.

Il croit l'avoir encore!... Il l'a eue : c'est bien vrai!... (*il porte ses mains à sa tête*) je sens ma tête s'alourdir!... Oh! Il va se passer un drame!... (*il se boutonne*)... A moi!... monsieur!... deux mots!...

MOUFLAKET.

Parlez, jeune homme!...

GONTRAN.

Savez-vous, monsieur, que vous êtes un misérable!

MOUFLAKET.

Hein?...

GONTRAN.

Vous faites l'étonné, oui, je sais!... Vous êtes un de ces hommes sans principes, sans mœurs, qui suivez les femmes dans les rues, qui leur murmurez à l'oreille des propositions infâmes, qui abusez de leur candeur.

MOUFLAKET *à part, se grattant la tête.*

Le mari de mon Arthémise! Elle est mariée! Aïe!..

GONTRAN.

J'avais une femme honnête et pure !...

MOUFLAKET *riant.*

Arthémise honnête et pure ! Oh ! ces maris !...

GONTRAN.

Vous l'avez séduite ; vous êtes un vil séducteur !

MOUFLAKET *riant toujours.*

Eh bien non, jeune homme, je la trouve drôle !...

GONTRAN.

Hein ?

MOUFLAKET.

Je la trouve très drôle ! Alors, vous croyez que votre femme est honnête ?

GONTRAN *très digne.*

Honnête et pure ...

MOUFLAKET.

Vous croyez que votre femme est pure ?...

GONTRAN.

Honnête et pure, je le répète !...

MOUFLAKET.

Eh bien ! jeune homme, vous êtes naïf !

GONTRAN.

Ainsi, vous osez joindre l'insolence à l'infamie. Oh !
Mais vous ne me connaissez pas !...

MOUFLAKET *le regardant.*

Il a la tête à ça !... (*très poliment*) Croyez bien,
jeune homme, que si j'avais su... *riant.* Eh bien, non !
Elle est drôle !... Je la trouve drôle !...

GONTRAN.

. . Nous nous battrons demain !... Monsieur !... Voilà
ma carte !... C'est un duel à mort !... (*à part.*) Cela
fait le second !....

MOUFLAKET *tirant sa carte sans se presser.*

Et de deux !... (*à part*). — Deux duels dans la même
journée... Il n'y a qu'à Paris qu'on voit ça... Oh !
Paris ! la ville des femmes !...

(*Ils échangent leurs cartes*).

GONTRAN.

Hector Mouflaket !... Encore cet homme !...

MOUFLAKET *s'avançant gravement.*

Alors c'est vous, jeune homme, dont la pièce a fait
un four?...

GONTRAN.

Oh! mais je vous rencontrerai donc partout sur
mon chemin !... Hier, vous me suivez traîtreusement

et vous me cherchez querelle dans la rue. Aujourd'hui quand je vous trouve, chez moi, attendant la complice de votre crime, vous répondez à mes provocations par des sarcasmes.... Non, voyez-vous, il me faut du sang (*il braque un revolver sur lui*)... Fais ta prière, tu vas mourir!...

SCÈNE XVII

Arthémise *se précipite entre eux.*

Arrête! Arrête!... Misérable!...

Mouflaket.

Mari et femme. Oh!... Scène de ménage... Filons.
(*Il sort par le fond*).

SCÈNE XVIII

Arthémise *saute à la gorge de Gontran.*

Juliette *puis* Madame Ramollet *entrent par la droite.*

Juliette

Maman! Maman! les voilà dans les bras l'un de l'autre! (*Elle se précipite entre eux. — A Gontran*). Ah! Je te surprends donc avec cette créature. M'avoir trompée à ce point; c'est infâme!... (*elle éclate en sanglots*).

MADAME RAMOLLET *entrant essoufflée.*

Ah! ces hommes! ces hommes!... Mon gendre, vous êtes un monstre!... On vous donne un trésor, une enfant pure, et vous courez les filles de joie!....

JULIETTE.

Monstre! Monstre!...

MADAME RAMOLLET.

Monstre!... Monstre!...

ARTHÉMISE.

Monstre!...

(*Elles sortent toutes*).

SCÈNE XIX

GONTRAN *anéanti.*

Monstrueux! Absolumenl monstrueux!... (*silence*) Oh! les femmes! les femmes!... Tout à la fois! Le public me trompe, ma femme me siffle!... Non!... Qu'est-ce que je dis!... Ma trompe me siffle... ma femme me... Oh! j'en perds la tête!.. J'emporte une veste, j'emporte... (*portant la main à son front, terrifié*)... C'est vrai, j'en porte!... Oh! le mariage!. Et cette audace, encore : venir m'insulter, ameuter contre moi son horrible mère... oh! cette femme... si je la tenais...

Oh! que la vie est dure!... Oh! que dure est la vie!

Ah! qui m'eut dit que ce vers superbe, le plus beau
que j'aie jamais fait... Non! les autres sont moins
admirables, voilà tout, dut s'appliquer si bien un jour
à ma déplorable situation. (*il feuillette un manuscrit*)
Ma pauvre **Arthémise**!... Il ne me reste plus que **toi**.
Mais, et mon duel! Il va me tuer, cet homme... **Les**
armes m'ont toujours fait peur, à moi. La vie me **pèse**,
je ne peux plus la supporter... Mourir de la main de
cet homme, pourtant?... Non! Mieux vaut mourir de
la mienne... **Arthémise**, **Arthémise**, adieu (*il baise
le manuscrit et le jette sur la table*) (*il frappe sur son
front*). Il y avait pourtant quelque chose là. Allons,
finissons-en (*il prend une feuille de papier, écrivant*).
Qu'on n'accuse personne de ma mort!...

SCÈNE XX

JULIETTE *entre sur la pointe des pieds et vient regarder
par-dessus son épaule.*

GONTRAN *continuant.*

JULIETTE *à part.*

Nous divorcerons... *épouvantée.* Il veut se tuer...

GONTRAN.

Je me la donne volontairement!...

JULIETTE *apercevant le manuscrit, pousse un cri.*
Oh!!!

... « **Arthémise ou la vertu récompensée.** »
(*Elle se précipite au cou de Gontran*)... Ah! mon petit Gontran, pardonne-moi, pardonne-moi!...

GONTRAN *la repoussant, majestueux.*

Arrière, madame!... Point de pitié pour la femme adultère!...

JULIETTE.

Alors, tu l'as cru, tu pouvais penser que ta petite Juliette... Mais, grand sot, c'était pour me venger. Je croyais que cette Arthémise, dont tu parlais dans tes rêves, était ta maîtresse...

GONTRAN.

Mais alors, cet Hector?...

JULIETTE.

J'ai fait semblant de rêver, et ce nom, c'était un nom pris au hasard, celui de mon oncle qui doit arriver aujourd'hui d'Amérique... mon oncle Hector Mouflaket.

GONTRAN.

Hector Mouflaket!...

SCÈNE XXI

HECTOR, MADAME RAMOLLET, les précédents.

MOUFLAKET.

Moi-même, mon cher neveu, et qui ai jeté bien involontairement le trouble dans votre gentil ménage.

J'ignorais que ma filleule, ma petite Juliette, à laquelle je venais apporter une dot, était mariée, qu'elle habitait cet appartement, et que vous étiez son mari. Madame Ramollet que je viens de rencontrer m'a tout expliqué, et le présent que je comptais faire à Juliette Ramollet devient le cadeau de noces de Madame De Lestrade.

SCÈNE XXII

ARTHÉMISE *entre et saute au cou de Mouflaket.*

Ah! je te retrouve, mon Gontran!...

MADAME RAMOLLET.

Son Gontran!

JULIETTE *à Gontran.*

Ah ça, monsieur, m'expliquerez-vous?...

ARTHÉMISE *à Mouflaket.*

Tu m'as pourtant bien donné rendez-vous... (*elle lui tend la carte*).

MOUFLAKET *lit.*

J'y suis! (*frappant sur l'épaule de Gontran*). Au fait, nous devions nous battre hier soir...

GONTRAN.

Mais oui, cher oncle, nous avons échangé nos cartes.

MOUFLAKET.

Justement! Croyant tirer de mon portefeuille une
de mes cartes pour donner rendez-vous à cette petite,
une pauvre orpheline que j'ai recueillie... (*à part*).
Après bien d'autres.... (*Haut*). J'ai écrit sur la vôtre.
N'est-ce pas, Arthémise?...

MADAME RAMOLLET.

Arthémise!...

GONTRAN.

Arthémise!...

ARTHÉMISE *à Mouflaket*.

Alors tu n'es pas Gontran?...

MOUFLAKET.

Non! je suis Hector. (*Ils continuent, bas*).

JULIETTE *à Gontran*.

Et moi qui croyais que tu me trompais avec une
Arthémise?...

GONTRAN *à Juliette*.

Et moi qui croyais que tu me trompais avec un
Hector!...

ARTHÉMISE *au bras d'Hector*.

....Alors, mon coupé?....

HECTOR.

Tu l'auras, mais laissons le jeune couple roucouler,
et allons nous aussi. (*Il finit à l'oreille*).

FIRMIN (*qui est entré depuis un instant*).

Eh bien non, moi j'trouve ça immoral!....

RIDEAU.

17 Décembre 1892.

CRITIQUES D'ART

LA JEANNE D'ARC D'INGRES

MUSÉE DU LOUVRE

Elle est là, droite, fière, l'étendard de France à la main, les yeux levés au ciel, perdus dans une extase infinie, Jehanne la bonne Lorraine.

— Que voit-elle, la Vierge de Vaucouleurs, sous les voûtes sombres de la cathédrale? Est-ce la vision terrible et menaçante de l'avenir? Sous un jour pâle et blafard, Rouen, la place du Marché, ses hautes maisons aux toits pointus?...

Entend-elle les cris d'une soldatesque en délire autour du bûcher où l'on brûle une Sainte?...

Non!...

Ce que son regard inspiré contemple sous les arceaux gothiques, dans un nuage d'encens que dore, à travers les vitraux, un rouge rayon de soleil, c'est sa France bien-aimée heureuse et libre; ce sont ses champs de Lorraine redevenus fertiles et joyeux; sa maisonnette, là-bas, sous les grands arbres; sa chapelle rustique dans le creux d'un chêne, délivrés du joug de l'étranger.

— C'est son roi que l'on sacre à côté d'elle, grand

et puissant : elle ignore, la pauvre naïve, qu'on peut devoir son royaume à une femme et la laisser périr !..

— Et son visage rayonne d'enthousiasme et d'ivresse : une auréole flotte autour de son front ; on sent son cœur battre plus vite sous la lourde cuirasse d'acier..

...Oui, l'homme qui t'a conçue ainsi, Jehanne était un grand génie ; celui qui t'a représentée si noble et si belle était un grand artiste.

Il a voulu dire à la France vaincue, foulée par les sabots des chevaux allemands, agonisante sous le joug honteux de gens qui avaient combattu ses enfants, avaient assassiné celui qui, pendant vingt ans, avait tenu leur destinée sous sa botte, et l'ont exilé à Ste-Hélène :

« Vois, mon pays, jadis aussi l'ennemi avait envahi nos belles provinces : Une femme est venue, elle a relevé les cœurs découragés et t'a rendu ta gloire et ta liberté.

Tu la nommes Jeanne d'Arc,
Moi, je l'appelle : l'Espérance !... »

7 Juin 1891

ÉCOLES & PARTIS

Lorsqu'un beau matin, j'annonçai à un de mes vieux amis que nous allions publier une revue littéraire et artistique, sa première question fut celle-ci :

— « Et, de quelle école êtes-vous?... »

Je le regardai tranquillement et lui répondis en riant: « D'aucune ! »

Il passa sa main dans ses cheveux qui sont fort longs, (j'ai oublié de vous dire que mon ami est rapin), me regarda effaré, stupide, puis ne pouvant se faire à l'idée de poètes ou de peintres sans école, il enfonça brusquement son feutre sur ses yeux, me serra la main et court encore.

Je ris alors de sa stupéfaction, mais, lorsque j'eus réfléchi, je fus peiné de voir un garçon intelligent, un artiste, c'est-à-dire un de ces esprits qui devraient être débarassés des préjugés vulgaires, s'imaginer que littérateurs ou artistes ne pouvaient se grouper pour une œuvre commune sans former pour cela une école, un parti.

Je sais bien que l'esprit d'association est essentiellement français. A peine deux individus professant les

mêmes théories, ayant le même idéal artistique, poli-
tique, ou « atlhètique » se sont-ils rencontrés, que
déjà, voilà une école, un parti, une société de fondés
avec président et vice-président. Demandez-leur
pourquoi ils se rassemblent ainsi, ils vous répondront
invariablement, et avec une grande logique que l'union
fait la force, qu'il faut s'entr'aider les uns les autres
pour la lutte de la vie et mainte autre raison sem-
blable.

Tant qu'il ne s'agit que de partis politiques, de
sociétés de tir, de gymnastique, de vélocipédie et tous
exercices du même genre, je comprends le raisonnement et, je l'approuve, jusqu'à un certain point. S'il
leur plaît d'exposer à la tribune leurs utopies sociales,
de parader en uniformes plus ou moins bizares sur nos
places et de nous assourdir du bruit de leurs fanfares,
cela ne nuit à personne, peut parfois être utile, dans
tous les cas m'amuse, je ne songerai jamais à les en
empêcher.

Pour l'association littéraire ou artistique la
question n'est plus la même. Que l'on s'assemble, rien
de mieux, l'union fait la force c'est entendu ; mais que
l'on s'impose des préceptes que chacun devra suivre
sous peine d'être anathême, bien plus, que l'on se
soumette à l'obligation de penser une chose parce que
le « chef d'école » l'a pensée, non, cent fois non!...
Cela est impossible, cela supprime l'originalité, tout
élan propre dans l'œuvre. L'on n'est plus un artiste, un
homme qui pense, qui crée, on est un vulgaire imitateur
je dirai même un plagiaire.

Vous êtes jeune, votre talent — supposons que vous

en avez tant soit peu, — a besoin d'expérience, vous
vous trouvez faible, isolé ; pourquoi vous décourager,
vous laisser convertir par le premier sectaire que vous
rencontrerez?... pourquoi vous forcer à être classique
ou romantique, dessinateur ou coloriste et rien autre
chose?.. Courez le monde, cherchez le Beau, admirez-
le partout où vous le rencontrerez, essayez de prendre
à chaque maître ce qui vous enthousiasme dans son
génie, soyez sublime avec Corneille, passionné avec
Racine, profond avec Hugo ; tentez alors de vous faire
un talent original, d'exprimer en un mot ce que vous
sentez et non pas ce que les autres ont senti avant vous.

Ce n'est pas tout. Vous avez besoin de conseils,
d'encouragements : adressez-vous à ceux qui vous ont
précédé dans la carrière, demandez leur aide, leur
secours, soyez certain qu'ils ne vous les refuseront
point et sans exiger jamais en retour que vous forciez
votre talent pour leur plaire. Eux-mêmes, soyez
convaincu, n'appelleraient point cela reconnaissance
mais pure flagornerie.

D'ailleurs, ce n'est point tant la cause de la liberté
dans l'art que je plaide ici que celle du bon sens.
Ces fameuses dissidences d'écoles, sur quoi reposent-
elles?... Sur l'entêtement et l'obstination des deux
partis.

Je dis un jour à un décadent : « Mon cher, voilà
tout un passge de ta pièce de vers que je n'ai pas
compris... » Radieux il me prit le manuscrit et,
le lendemain lorsqu'il me le rapporta, ce ne fut pas
seulement quelques vers que je ne compris pas, ce fut
tout le morceau.

160

— « Comment, s'était-il dit, tu ne comprends pas un passage si clair, si lumineux où tout mon génie s'est prouvé, attends, tu vas voir un peu ! » et il avait pondu l'élucubration dont je vous ai parlé.

La lutte d'ailleurs nuit aux deux camps, les défauts s'affirment, l'exagération s'en mêle et le ridicule est la conséquence de tout cela.

Certes, ce fut un beau temps de prospérité littéraire que celui où l'on se passionnait pour des idées, où l'on s'arrachait les cheveux au parterre des théâtres, mais voulez-vous me dire ce qu'il est resté des torrents d'encre versés alors, j'entends au sujet du débat même?... Une foule de Pâturots, d'individus hirsutes qui se sont cru de grands génies pour avoir serré la main à Hugo ou à Gauthier. Les petits-fils des grands Romantiques sont devenus les « Symbolistes, » les « Mystiques », lesquels sont cousins germains des Moréas, des Mallarmé, des Rimbaud et autres extra-vagants *ejusdem farinæ*

Voilà où mène l'esprit de secte poussé dans ses derniers retranchements et ses dernières déductions.

Et maintenant, n'allez point croire que je sois un ennemi de la grande révolution littéraire, non, ce serait tout d'abord contraire à mes principes.

J'ai tenté simplement de vous montrer que le débat n'a pas raison d'être, lorsqu'on y réfléchit posément ; qu'il serait absurde de le continuer et de nuire aux progrès de l'Art par des divisions entre ses fidèles ; que chacun doit suivre son chemin sans s'occuper de son voisin, et penser beaucoup par lui-même, s'abandonner enfin à son inspiration propre s'il veut vraiment être artiste.

Les grands artistes n'ont pas d'école : ils cherchent et ils expriment le Beau tel qu'ils le comprennent et tel qu'ils le sentent.

Octobre 1892.

LES GRANDS PRIX

Je ne suis pas de ceux qui crient à la décadence de l'Art. Je pense que, comme toutes les manifestations de la pensée humaine, il subit une évolution perpétuelle, se transforme avec les mœurs et les coutumes des sociétés, et trouve dans ces transformations mêmes des sources toujours vives d'inspiration et d'idéal. Pourtant lorsque je vois les dernières œuvres produites, lorsque je cherche à pénétrer les tendances de nos jeunes artistes, que je compare le présent avec le passé et que je cherche, dans cette étude, à lire l'avenir, je me prends parfois à douter.

Pour la peinture, de tous côtés je vois le génie pâlir et le talent décliner. Ici, l'on prétend, délaissant les traditions, créer un art nouveau, un art violet!... Là, on me propose de larges figures, d'un effet décoratif, peut-être, d'un coloris puissant, je l'admets, mais d'un dessin absolument insufffsant. Et quand je me tourne vers les disciples des vraies théories artistiques, vers les élèves de la rue Bonaparte, je ne trouve que sécheresse ou même manque absolu de pensée.

Les logistes des Beaux-Arts ne sont pourtant pas des

jeunes, dans le vrai sens du mot, ce sont des hommes faits, dans toute la plénitude de leurs facultés, et quand on leur donne à traiter un sujet sérieux, dégagé — la chose est rare — de préoccupations purement esthétiques, ils devraient pouvoir y révéler une certaine force d'inspiration, une âme d'artiste enfin.

Le sujet des Grands Prix de peinture cette année était fort beau : *Job résigné devant les reproches de sa femme et le désespoir de ses amis.* (*) Il fallait savoir rendre une idée philosophique, la Résignation dans toute sa simplicité et sa noblesse, trouver un contraste frappant entre les ulcères du corps et la pureté de la pensée. Puis, si je viens à l'exécution même de l'œuvre, faire preuve de goût et de travail sérieux dans les attitudes et dans la couleur. Rien ou bien peu de tout cela dans les toiles de nos lauréats.

M. Lavergne — Premier Grand Prix — a médiocrement compris Job. Il en a fait une sorte de fakir. Les yeux fixes, les bras en croix sur la poitrine, Job ne voit point ceux qui l'entourent, n'entend point ceux qui lui parlent.

Les deux dernières idées sont bonnes, mais je voudrais pourtant plus de vie dans cette physionomie ; Job doit sentir qu'il souffre, il a trop l'air d'être inconscient, de supporter sa douleur par habitude et non par résignation.

Je ne dis rien des amis, du dessin et du coloris, qui sont consciencieux, entendez banals.

(*) Livre de Job. III. 8-12.

M. Mitrecey — Premier second Grand Prix — a
exagéré l'idée d'isolement moral de Job. Dans un
réduit très noir, trop noir, Job, le visage à moitié
couvert d'un haillon, tourne presque la tête à ses
amis, auxquels j'adresserai le même reproche qu'à
ceux du précédent peintre. L'exécution m'a semblé
inférieure aussi à celle de M. Lavergne. Je n'aime pas
ces teintes de cadavre données au corps de Job. Il y
a vraiment abus de couleur.

J'arrive à M. Trigoulet — Deuxième second Grand
Prix — Je pense beaucoup de bien de sa toile. Certes,
elle a de gros défauts que n'ont pas celles de ses
concurrents. La pose de Job, étalé sur son grabat, les
bras pendants, est d'un mauvais goût flagrant. L'abus
des tons sombres est à blâmer aussi, mais à côté de
cela, je trouve de l'originalité et des efforts dont
j'augure bien. Seul il a essayé de suivre son sujet avec
exactitude. Au second plan, à gauche, la femme de Job
se dresse avec un sourire sarcastique qui traduit bien
les paroles du texte : « *Quoi! vous demeurez encore
dans votre simplicité, maudissez Dieu et puis
mourez!...* »

Je lui sais encore gré de n'avoir pas esquivé, pour
les personnages secondaires, les difficultés du sujet.
Un des amis se couvre la tête de cendre et déchire
ses vêtements. Son Job a enfin de l'expression et du
caractère. Nous attendons M. Trigoulet au concours
de l'an prochain.

*
* *

Le spectacle offert par les Grands Prix de sculpture est plus réconfortant. Là, nous trouvons de véritables artistes dont le talent est bien à la hauteur du sujet donné.

Voici le texte : *Adam chassé du Paradis terrestre est condamné à travailler la terre qui ne produisait alors que des ronces et des épines, suivant la parole du Seigneur : « Tu mangeras ton pain à la sueur de ton front !... »*

Avant de se mettre à l'œuvre, il nous semble qu'il y avait beaucoup à penser. Ce n'était pas seulement un sentiment à rendre, c'était une étude psychologique à approfondir. La voix de Dieu vient de prononcer son arrêt : Adam se trouve seul, sur cette terre inculte, contre laquelle il va lui falloir lutter. Quelles pensées, quels sentiments s'agitent dans son âme?...

Si l'on raisonne, il semble que cet être qui n'a pas encore souffert ne peut pas avoir conscience de la douleur et doit rester là, anéanti, stupide d'étonnement et d'horreur. Mais il n'en est pourtant pas moins vrai qu'un Adam désespéré, levant ses bras suppliants au ciel est plus conforme à nos sentiments intimes. Ce n'est peut-être pas la composition la plus logique, c'est certainement la plus naturelle.

M. Lefèvre — Premier Grand Prix — a compris ainsi son Adam. Appuyé sur une longue branche d'arbre qui sera son premier hoyau, dans l'attitude que j'ai décrite, son plâtre est d'une exécution mâle et vigoureuse en même temps qu'irréprochable sous **tous les rapports.**

L'Adam de M. Clausade — Premier second Grand
Prix — est l'Adam résigné, abattu. Assis, la tête
baissée, il songe, le visage a de l'expression.

M. Delépine enfin — Deuxième second Grand
Prix — a conçu Adam farouche, plongé dans une
sombre méditation. S'il y a peu de naturel dans
l'attitude de son plâtre, je le préfère *comme exécution*
à celui de M. Clausade. Le muscle est su, le torse
bien rendu.

Novembre 1892.

ESSAI DE CRITIQUE

A PROPOS DE DEUX PREMIÈRES (*)

I

Une Page d'Amour.

ZOLA ARTISTE. — ZOLA PHILOSOPHE. — LE ROMAN. — LA PIÈCE.

J'ai rarement éprouvé une impression plus douce et plus forte qu'à la *lecture* d'*Une Page d'Amour.*

Quel charme exquis dans ces deux premières pages où l'on nous trace l'existence et la physionomie des personnages du roman. La solitude d'Hélène et de Jeanne dans leur petite villa d'Auteuil, les soins affectueux dont elles sont entourées par l'abbé Jourde et l'excellent Rambaud, les dîners des mardis, la bonne Rosalie et son amoureux le petit soldat qui découpe des images. Le docteur Deberle, son intérieur, ses visites à la mansarde de la mère Fêtu.

Quelle émotion croissante ensuite dans la lutte morale qu'ont à soutenir Hélène et Henri, partagés

---

(*) *Une Page d'Amour*, de M. Emile Zola, à l'Odéon.
La Paix du Ménage, de M. Guy de Maupassant, à la Comédie-Française.

entre leur devoir de mère ou d'époux et l'amour qui s'empare peu à peu de leur cœur. Quel saisissement devant la jalousie de Jeanne, devant ce caractère si vrai, si naturel, d'enfant sensible et passionnée.

L'œuvre, enfin, se dénoue, la mère succombe, l'enfant meurt, et l'immense drame humain continue à se dérouler sans avoir été troublé un seul instant par cette petite scène, infime, ignorée, et nous restons comme toujours après la lecture d'un livre de Zola, sous l'impression profonde d'une œuvre belle parce qu'elle est simple, vraie.

*
* *

Il m'a toujours semblé, lorsque j'ai cherché à analyser l'impression que produit sur moi un roman de M. Zola, que j'éprouvais la même sensation qu'à la vue d'un immense tableau étalé sous mes yeux. Seulement au lieu d'être la représentation de vaines images, rangées, comme il arrive trop souvent, sans ordre et sans goût, c'était comme un vaste miroir où la vie venait se refléter et se peindre, groupant ses ombres et ses clairs, ses vices et ses vertus, ses instincts et ses envolées, dans une harmonie et dans un ensemble parfait.

J'ai parfois entendu comparer Zola à Rubens. Il y a dans l'œuvre du romancier une puissance de coloris qui fait songer au maître flamand. Je ne crois pourtant pas qu'il y ait analogie entre les deux artistes.

Je m'arrête devant une toile de Rubens. Au premier

abord je suis comme ébloui. Ces contrastes de tons
éclatants, cette hardiesse de dessin me produisent une
impression très vive de force, de grâce lascive et de
beauté matérielle. — Mais que je détaille, que j'étudie
l'œuvre dans ses procédés et ses gradations de couleur, dans sa lumière surtout, peu à peu les tons trop
violents, mal liés entre eux, se détachent et se
heurtent, les muscles saillent, l'impression de force
reste seule, les impressions de grâce et de beauté
disparaissent.

Que je prenne au contraire un livre de Zola, le
premier sentiment que j'éprouve est une impression
très forte aussi, mais très complexe. Les points saillants se dessinent seuls et me frappent. Telles scènes
qui m'ont inspiré de l'horreur, du dégoût, sont
présentes à ma pensée et longtemps je n'ose me
prononcer de peur de dire que ce que je vois est
hideux. Puis le contour s'assouplit, les détails aigus
s'estompent pour se fondre dans l'ensemble. Ce qu'il
y a de doux et de gracieux dans le roman me revient
à la mémoire. Les ombres s'amincissent aux reflets
des clairs, les figures se groupent, les physionomies
s'animent, et bientôt, ainsi mûrie par l'esprit, l'œuvre
m'apparaît dans son unité grande et belle.

Puis encore. Prenons la toile de Rubens. Contem-
plons ces larges figures. Que se dégage-t-il des
expressions toutes physiques qui se reflètent sur les
visages. Des pensées? Non. Des passions. Le plaisir,
la douleur, la joie, l'angoisse, le rire, les larmes. Rien
de plus. De l'œuvre de Zola, au contraire, la pensée

sort intense et profonde. Chaque page du livre est pour moi sujet de réflexion, de raisonnements et d'études. Zola est plus qu'artiste, il est philosophe.

*
* *

Zola philosophe, c'est Zola incompris. Bien peu trouvent dans l'auteur de la *Terre* le penseur et le moraliste. Bien peu s'aperçoivent que le grand peintre est aussi le grand psychologue.

Nous avons des doctrines de morale arrêtées. Nous pensons que dire aux hommes : « Soyez bons, soyez vertueux, justes et désintéressés, » soit le seul moyen de les ramener au Bien. Nous ne nous doutons pas qu'il serait peut être plus raisonnable, au lieu de les fatiguer de grands mots et d'idées abstraites, de leur montrer l'homme vicieux dans les détails les plus vifs de son existence, de leur retracer pas à pas la route qu'il a suivie pour arriver à sa dégradation (*), de leur faire en un mot horreur de leur turpitude et de leur méchanceté. C'est la morale de M. Zola. C'est, je crois, la plus naturelle et la plus simple.

Et que l'on ne croie pas surtout que se soit un système chez le romancier de peindre le vice et l'abjection pour nous éloigner du mal. Non. Il peint la vie, et s'il étale parfois devant nous les immondices qui nous dégoûtent, il sait aussi faire apparaître à nos

---

(*) Gervaise et Coupeau dans l'*Assommoir ;* Georges et Philippe dans *Nana.*

yeux la vision douce qui console. Prenez l'*Assommoir*,
lisez la vie de Goujet. Quel tableau simple et naturel
que celui de cette mère sage, économe, de ce fils
honnête et courageux qui vivent tranquilles du fruit
de leur travail. Prenez la *Terre*. Trouvez-moi un
caractère plus sympathique que celui de ce bon abbé
qui se dépouille pour ses pauvres et fait des lieues
chaque dimanche pour venir dire l'office au hameau.
Hourdequin lui-même n'est-il pas aussi un honnête
homme?... Je le sais, ses luttes contre la vile passion
qui l'obsède vous écœurent. Mais, tenez, cela ne vous
écœure que parce que vous reconnaissez dans ces
combats intimes, les combats que vous avez eus vous-
mêmes à soutenir et où vous avez succombé.

*
* *

Cela posé, nous pouvons comprendre Une Page
d'Amour. C'est la peinture de l'amour tel qu'il est
dans la nature, mélangé d'idéal matériel, de désirs, de
jouissances et de regrets.

C'est un des aspects du sujet éternel et pourtant
toujours divers de Zola : l'Amour. L'amour n'est-il
pas le grand ressort de la Vie qu'il crée.

Dans *Le Rêve*, on nous l'a peint chaste, idéal, pur
comme le doux profil des saintes de la cathédrale,
commençant à un sourire, finissant à un effleurement
de lèvres; dans *La Terre*, dans *Nana*, nous l'avons vu
bestial, abject, terni de toutes les turpitudes, de toutes
les ignominies; dans *Une Page d'Amour* on nous le

montre tenant le milieu entre l'extase de l'ange et
l'emportement sensuel de la brute, chez deux êtres
d'une éducation supérieure, capables de comprendre
et de raisonner leurs instincts.

Et c'est là que l'étude de l'amour est vraiment inté-
ressante. Certes, la vision d'Angélique, assise, émue,
devant son métier, brodant les blonds chérubins et la
Madone à la longue robe bleue que l'Aimé a dessinés,
est riante et douce. Mais ce n'est qu'une création
esthétique d'une âme éprise de vertu et de grâce, la
réponse de M. Emile Zola à ceux qui nient en lui le
penseur et l'artiste. Certes l'impression d'œuvres
telles que *L'Assommoir* ou que *Germinal*, où l'on
nous guide à travers les bas-fonds les plus noirs et les
plus hideux de l'Humanité, est rude et puissante. Mais
ce ne sont là que des plaies du grand corps social que
l'on étale à nos yeux pour que nous nous efforcions
de les guérir, cela ne nous inspire que des sentiments
de pitié et de charité. Cela se passe loin de nous,
hors de nous.

Dans l'œuvre qui nous occupe, au contraire, les
héros du roman sont des personnages de notre vie de
chaque jour. Nous les connaissons, nous leur parlons ;
peut-être est-ce nous-mêmes. Nous sommes saisis par
la peinture de cette passion étrange, complexe dans
ses causes et dans ses effets, source des vices les plus
honteux et des joies les plus saintes (*) qui vient
assaillir, au moment où il s'y attend le moins, le cœur

(*) La débauche, la famille,

de chacun de nous, pour lui donner, au hasard, le bonheur le plus ineffable, les souffrances les plus atroces ou le dégoût le plus bête.

.

Comment Hélène et Henri se sont-ils aimés, ont-ils lutté, ont-ils failli? toute l'intrigue du roman est dans ces trois mots.

J'essaierai, dans la seconde partie de cette étude, en comparant Hélène à l'héroïne du drame que je veux analyser, de suivre et de mettre en vive lumière la marche de la passion dans leur cœur. Je m'efforcerai de montrer comment un sentiment vague, indécis tout d'abord, conscient ensuite, mais très pur et très doux, est devenu, mûri par l'esprit et les désirs du corps, l'emportement violent, fou, irrésistible, qui les a jetés dans les bras l'un de l'autre, oublieux de toute idée de devoir ou de raison. Maintenant, je me bornerai à chercher l'origine de ce sentiment, à le définir, à l'expliquer.

Chez le docteur Deberle, l'amour commence le soir où Mme Grandjean lui apparaît, échevelée, à demi-vêtue, se tordant les bras de désespoir devant la couchette de Jeanne en proie aux convulsions. Il est frappé de sa beauté, de sa douleur, de la tendresse qu'elle témoigne à son enfant. L'idée de beauté matérielle éveille en lui l'idée de beauté morale (*); la

_____

(*) *Une Page d'Amour*. Deuxième partie, V, pages 145, 146.

douleur d'Hélène lui inspire la pitié, à la vue de sa tendresse pour sa fille enfin, Henri, qui est privé dans son intérieur de toute affection forte et dévouée se sent pris de sympathie pour cette femme belle qui souffre et qui aime. Ce n'est alors qu'une impression soudaine, qu'une suite d'associations qui éclosent en un instant dans son esprit. Il conserve tout son sang-froid, sauve l'enfant et quitte la mère, sans se douter que ces quelques idées passagères qu'il vient d'avoir, pourront être jamais le principe d'une passion.

Pour Hélène, je crois que l'on peut donner la même origine à son amour : une impression subite de bonté, de reconnaissance, sans aller chercher, comme tant de nos romanciers le font trop souvent, une inclination, une affinité mystérieuse d'âme à âme, incompréhensible, indéfinie et hors nature.

On m'objectera, je le sais, que si je n'admets pas cette conception de l'amour, force inconnue à laquelle mes personnages ne peuvent se soustraire, je les rends coupables en leur laissant leur liberté. Mais je n'ai jamais prétendu qu'Henri et Hélène n'étaient pas coupables. Certainement même ils le sont, car si l'on peut plaider, tenter de prouver que « la passion était fatale, » il est plus facile de montrer que si l'un d'entre eux avait eu fortement gravé en soi un principe moral, l'idée de devoir, par exemple, il aurait pu, non pas arracher la passion de son cœur, mais s'arracher aux effets de la passion, rompre, fuir, se cacher, que sais-je, trouver mille moyens pour se torturer, briser deux cœurs peut-être, mais triompher.

La faute est d'ailleurs flagrante. Écoutez les pensées d'Hélène, après la scène de l'aveu d'Henri au bal d'enfants :

« ... Il avait parlé. Jamais elle n'oserait le revoir face à face. Sa brutalité d'homme venait de gâter leur tendresse. Et elle évoquait ces heures où il l'aimait sans avoir la cruauté de le dire, ces heures passées au fond du jardin dans la tranquillité du printemps naissant. Mon Dieu ! Il avait parlé !... Cette pensée s'entêtait... C'était dans son cœur un sentiment de protestation indignée, d'orgueilleuse colère, mêlée à une sourde et invincible volupté !... »

Voilà la lutte, écoutez-en le résultat :

« ... Eh bien la passion était fatale. Elle ne se défendait plus. Elle se sentait à bout de force contre son cœur... »

Elle s'abandonne et pourtant elle a conscience qu'elle fait mal, elle discute :

« ... Pourquoi donc se serait-elle refusée davantage ? N'avait-elle pas assez attendu ?... » Elle s'excite même contre sa droiture passée, pour essayer d'étouffer la voix de sa conscience :

« ... Le souvenir de sa vie passée la gonflait de mépris et de violence. Comment avait-elle pu exister, dans cette froideur dont elle était si fière autrefois ?... Elle se revoyait à toutes les heures de son existence, suivant du même pas le même chemin, sans une émotion qui dérangeât son calme... Dire qu'elle s'était crue heureuse d'aller ainsi trente années devant elle, le cœur muet, n'ayant pour combler le vide de son être que son orgueil de femme honnête. Ah ! quelle duperie cette rigidité, ce scrupule du juste qui s'enfermaient dans les jouissances stériles des dévotes !... Non, non, c'était assez, elle voulait vivre !... » (*)

Voilà le grand aveu. Elle ne *veut* plus lutter, plus souffrir. Vous le verrez, c'est le même raisonnement

---

(*) *Une Page d'Amour.* Deuxième Partie, V, pages 145, 146.

que celui de Mme de Salus dans la *Paix du Ménage*
pour s'excuser et soutenir sa thèse.

Il reste pourtant encore une raison contre moi.
Vous me direz : Hélène est mère. Comment, si son
amour a jamais été conscient, sa maternité n'a-t-elle
pas protesté, jeté un cri de révolte, étouffé la passion?
Libre, Hélène nous apparaît comme une créature vile,
indigne du nom sacré de mère et nous est odieuse.
Ne vaut-il pas mieux la concevoir victime d'une
nécessité matérielle qu'elle peut à peine repousser un
instant, la plaindre et l'excuser au lieu de la haïr et
de l'accabler de nos mépris?

Je répondrai : Je crois que vous ne comprenez pas
bien *Une Page d'Amour*. Nous ne devons ni excuser
Hélène ni lui jeter l'anathème. Elle est coupable
parce que, consciente de son amour naissant, elle n'a
pas su l'arracher de son cœur, mais elle n'est pas
odieuse parce que sa *faute même* est une chute, une
surprise des sens qu'elle ne prévoyait pas, qu'elle ne
voulait pas. Quant à la révolte de sa maternité, sou-
venez-vous que c'est justement dans la lutte entre la
femme et la mère qu'est tout l'intérêt du roman.
Jeanne est l'agent nécessaire du drame. C'est elle qui
rapproche Hélène et Henri, c'est à son chevet que
naît leur amour, ce sont ses caprices soudains, ses
tendresses folles, ses jalousies étranges qui avivent la
passion d'Hélène en lui faisant obstacle. Supprimez
Jeanne, *Une Page d'Amour* devient la banale histoire
d'une jeune veuve sentimentale qui prend un amant,
cela ne sera plus du Zola, ce sera du Georges Ohnet.

Une dernière question se pose. Hélène libre, comment expliquer la force nouvelle de l'œuvre de Zola. Peindre une mère qui faillit à son devoir n'est-ce pas froisser un de nos sentiments intimes les plus purs, ce sentiment très doux de piété et de respect que nous avons tous au fond du cœur pour celle qui nous a donné le jour, qui a bercé nos premiers sommes, souri à nos premiers baisers?... Puis encore, quand nous avons démontré que la peinture de ses luttes avec la passion est d'une lecture cent fois plus frappante que celle de ces fameuses *Batailles de la Vie* qu'on nous propose comme modèles, pouvons-nous en conclure que le roman est d'une moralité vive et profonde, le laisser dans les mains de nos filles?

Oui. Nous pouvons même en être certains. Si nous avons élevé nos enfants dans de solides leçons de droiture et de vertu, si nous avons su accoutumer leur esprit à discerner franchement et nettement le Bien du Mal, le livre de M. Zola ne pourra que les fortifier dans les idées que nous leur avons données. Au lieu de leur remplir l'imagination de rêves insensés et de fadaises absurdes, il leur montrera la Vie sous son véritable aspect. Il les mettra en garde contre ces emportements de l'esprit qui précèdent et causent presque toujours les emportements de la chair, il en fera des femmes honnêtes, non pas par occasion, mais par principes, des femmes de sens et de goût, de bonnes mères enfin.

Si nous passons maintenant à l'étude du détail (*)
nous retrouvons encore la supériorité de M Zola sur
ces écrivains contemporains que vous me vantez
tant. Dans son livre, point de ces thèses, de ces
analyses, de ce fatras en un mot qui remplit les
ouvrages de Bourget. Le philosophe sent admirable-
ment que le cœur humain n'est point un mécanisme
dont on peut définir et régler les mouvements. Nous
ne raisonnons la plupart du temps nos actions qu'après
les avoir accomplies. Un simple souvenir, une association fortuite nous enlèvent souvent une résolution
que nous croyions fermement prise ; un instant suffit
pour transformer l'âme prête à défaillir en âme coura-
geuse et vaillante, le lâche qui allait fuir, en héros
qui s'élance le premier à la mort. Ce n'est donc pas
sur une telle psychologie que le romancier peut
asseoir son œuvre. C'est seulement dans la représentation de la Vie, dans l'étude et la peinture fidèle des
pensées et des actions des hommes que l'on pourra
découvrir les secrets de leur cœur, montrer les passions qui les agitent, inspirer l'amour pour les uns,
l'horreur pour les autres, la pitié pour tous.

L'artiste se révèle alors. Non pas le réaliste indif-
férent qui rend la nature comme il la voit, dans ses
seuls rapports physiques, mais l'artiste véritable qui
la comprend comme Lionardo, comme Rembrandt ou
Millet l'ont comprise. Comme eux, Zola fait plus que

(*) J'entends par étude du *détail*, l'étude du roman *en soi*, pris objec-
tivement.

la peindre : il la fait vivre. A sa représentation
exacte il sait ajouter ce je ne sais quoi de propre que
l'artiste trouve dans le feu de l'inspiration, ce plisse-
ment des lèvres — toute la finesse du sourire de la
Joconde — ce regard — toute la force de la figure du
Samaritain — ce geste simple — toute la poésie des
Glaneuses — ces traits de génie enfin qui séparent
Raphaël de Mignard, Racine de Pradon, Berlioz de
Bellini.

Nous comprenons alors le matérialisme de Zola,
l'erreur qui lui fait dire : « L'homme crée Dieu pour
sauver l'homme ». Parcequ'il anime la nature et la
fait penser, il croit qu'il vit et qu'il pense par elle.

On a mis *Une Page d'Amour* à la scène. Quand on
me l'annonça, il y a quelques mois, je fus à la fois
surpris et affligé. *Une Page d'Amour* était la dernière
œuvre de M. Zola que je m'attendais à voir transformer en drame. Dans ma pensée, sous l'impression
de ma première lecture, elle m'apparaissait comme
un roman d'étude très simple, très positif, sans
intrigue capable du moindre effet scénique, dénué
même de ce cachet mystique qui a permis de tirer du
Rêve et permettra peut-être de tirer de l'*Œuvre* le
sujet d'une composition exquise ou puissante. Je
revoyais le livre lui-même, ses pages descriptives
magistrales, ses fins coloris d'aquarelle, son harmonie
parfaite de dessin et de couleur, j'étais anxieux. Je me
demandais comment, sans détruire toute sa grâce,
sans tomber dans un réalisme grotesque, on avait pu
changer l'étude en intrigue, la description en décor,
la rêverie en monologue.

D'ailleurs, à moins qu'il ne s'agisse d'une de ces folies chevauchées de l'esprit où tout est action et mouvement, j'ai toujours considéré la mise au théâtre d'un roman comme une mutilation. L'adaptation me semble être la besogne d'un mauvais peintre qui s'aviserait un jour de copier, en le modifiant, un bon tableau pour le faire entrer dans d'autres dimensions que celles où il a été conçu. Je vois là devant moi son ouvrage informe. L'ensemble n'a pas changé. Ce sont encore les mêmes personnages, les mêmes physionomies, les mêmes détails. Mais qu'aperçois-je? Les plans se sont déplacés, les figures se sont groupées, dérangeant le bon ordre et la lumière de la composition. Retracés par un pinceau maladroit, les traits se sont accentués, alourdis. Les détails supprimés ont laissé des vides que l'on a remplis, souvent au hasard, par des ombres ou des clairs mal en place et mal donnés, l'œuvre a perdu son originalité, sa valeur. Pour qui connaîtra le modèle, l'impression produite sera de la colère de voir ainsi défigurée une œuvre d'art goûtée et comprise, pour qui l'ignorera ce sera simplement de l'ennui, du dégoût.

L'on pourra discuter, avancer que l'effacement du décor est un effet voulu, que, débarrassée de sa couleur et des détails qui lui faisaient ombre, l'étude psychologique n'en devient que plus vive et plus frappante, je me tiendrai toujours à mon opinion. Enlevez à un tableau ses effets de coloris (*) déran-

---

(*) Voyez, par exemple, l'esquisse inachevée du *Serment du Jeu de Paume*, de David, au Louvre, et comparez avec la toile de Versailles.

gez l'ordre de sa composition, ne laissez sur la toile
que les figures, dans telle pureté de dessin même que
vous voudrez, que restera-t-il?... Des physionomies
expressives peut-être, mais brutes, sans fini, sans
vrai relief. Oter le moindre de ses caractères à la
Beauté, c'est prouver qu'on ne la comprend pas, c'est
la détruire.

* *

Mon sentiment ne m'avait pas trompé. Ça été avec
une grande tristesse que j'ai assisté à la première
d'*Une Page d'Amour*, que j'ai vu se dérouler sous mes
yeux, dans son réalisme banal, cette pièce fade, où je
retrouvais à peine ça et là, par associations et souvenirs,
quelques-unes de ces émotions qui m'avaient saisi à la
lecture du roman.

Plus tard lorsque je me suis placé en face de l'œuvre
à critiquer, le non-sens artistique m'a paru plus flagrant
encore. Je vous ai défini l'ouvrage de M. Zola : l'étude
de la passion chez deux personnes de la classe moyenne
capables de raisonner et de combattre leurs instincts,
étude très fine, très variée, très complexe. Cette finesse,
cette variété, cette complexité, le drame dans sa
simplicité de structure, pourra-t-il nous les rendre.
Je ne le crois pas. *Une Page d'Amour* n'est pas
comme *Nana*, comme *La Terre*, comme *Germinal* ou
l'Argent, une étude de caractères très accentués, très
saillants, dont quelques scènes vigoureusement tracées
pourraient nous donner l'impression juste. C'est la
peinture de caractères comme nous en voyons, à chaque

instant dans notre vie journalière, et il a fallu toute
la sûreté d'observation, tout le talent de M. Zola pour
éviter, en les traçant, un réalisme absurde et terne. Dans
son livre chaque trait est nécessaire, tous les détails
sont liés entre eux pour s'expliquer l'un l'autre et
former progression. Nous ne comprenons la chute
finale d'Hélène et d'Henri qu'après les avoir vus
frissonnants au chevet de Jeanne mourante, qu'après
les avoir rencontrés dans la mansarde de la pauvresse
qu'ils entourent de leurs soins, qu'après avoir entendu
les rêveries d'Hélène, en un mot qu'après avoir assisté
aux mille scènes du roman.

Pour garder ensuite une grande exactitude de
couleur, est-il bien bon de livrer son œuvre aux
comédiens. Quel que soit leur talent, n'est-il pas
inévitable qu'ils faussent parfois, en l'accentuant ou
en l'affaiblissant, tel ton dont ils n'ont pas bien saisi,
bien apprécié la valeur?... N'est-il pas inévitable
encore que la routine de l'école leur ait donné des
habitudes, excellentes sans doute pour jouer une
œuvre classique où tout est convention, mais
déplorable quand il leur faut nous donner une
pièce comme *Une Page d'Amour*, où tout doit être
simple et dans la nature ? J'en suis certain, quand
Henri murmure ses aveux brûlants dans le cou d'Hélène
affolée, il n'a pas ce geste bête de jeune premier qu'a
pris l'interprète du drame, quand Hélène, étendue
sur sa chaise longue, se laisse emporter par son rêve,
elle n'a pas cet air et ces accents que je ne veux pas
qualifier de crainte d'affliger une artiste que j'estime

fort et que je me suis seulement étonné de trouver si faible.

Ce n'est pas tout. Ce ne sont même là que des traits généraux; les premières critiques qui viennent à l'esprit à la vue de toute adaptation. Il y a plus. Dans son drame, non-seulement M. Samson faiblit et atténue l'intérêt moral du livre de M. Zola, mais encore il le déplace. Impuissant à rendre l'étude d'amour, forcé de pâlir, d'effacer ses personnages de premier ordre, il laisse toute la lumière à une étude secondaire, une étude d'enfant qui, pour être d'un dessin exquis, n'en dénature pas moins, mise en premier plan, le sens et la valeur de l'œuvre du romancier. Que diriez-vous d'un peintre qui, pour vous représenter *la Cène*, se contenterait de copier avec justesse les visages des disciples et n'imaginerait rien d'autre que de laisser dans l'ombre mal esquissée, froide et banale, la face du Christ, qui est le sujet principal de la fresque?... Vous penseriez, n'est-ce pas, ou bien que cet homme est un ouvrier vulgaire, incapable d'inspiration et de pensée propre s'il n'a pas compris quel était le premier objet de l'œuvre de Lionardo, ou bien alors un artiste intelligent et consciencieux, mais qui fut arrêté dans la perfection de son travail par les bornes restreintes de son talent et des difficultés matérielles insurmontables.

Quand il s'agit pour moi de juger M. Samson, j'aime mieux m'arrêter à la seconde alternative. Elle me permet d'abord de l'excuser. Puis, si je considère ses ouvrages précédents — dirai-je ses ouvrages postérieurs ? — si je tiens encore compte du talent très réel qu'il a su déployer malgré tout dans l'œuvre qui nous occupe, il me semble que je ne me trompe pas.

On ne saurait le nier. Il a fort bien étudié cette simple figure de Jeanne que l'on a tant discutée et sur qui, — je demande pardon à mes confrères, — on m'a paru débiter tant d'inepties. Il a bien saisi la finesse un peu capricieuse de cette très douce concep- tion de l'auteur du *Rêve*, la nuance exacte de ce carac- tère d'enfant se développant, moitié sous l'influence de la névrose originelle, moitié sous la libre action des instincts et des sentiments naturels. J'en suis même convaincu, si pour une fois M. Samson a entrepris une tâche au-dessus de ses forces, s'il ne s'est pas aperçu qu'il existe des œuvres que l'on ne peut pas modifier sans les fausser et les mutiler, il n'en est pas moins un dramaturge honorable, un écrivain d'esprit et de cœur, bien à la hauteur de son travail quand il s'agit de faire preuve seulement de sensibilité et de délicatesse.

Pourtant s'il m'est permis d'ajouter un dernier mot, je répéterai, et à plus forte raison, pour la mise au théâtre de l'étude d'enfant, ce que j'ai déjà dit pour l'adaptation du livre tout entier. Je n'aime pas voir à la scène des analyses aussi fines, aussi frêles. Outre qu'elles risquent de perdre leur fraîcheur et leur grâce, je les compare à des miniatures dont le charme n'est compris que du petit nombre, vraiment goûté que des délicats.

Supposons un instant maintenant que le drame ait
atteint son plus haut point de perfection; supposons
qu'on ait pu l'amener à nous retracer dans toute son
exactitude et dans toute sa vigueur l'étude psychologique d'*Une Page d'Amour*, pourrais-je alors le placer
au même niveau que le roman, hésiter sur leur
valeur?... Je ne le pense pas. Le drame est l'œuvre
essentiellement synthétique. En quelques heures, sur
des tréteaux, dans des décors mal peints, il faut qu'il
nous montre la vie, qu'il analyse des sentiments et
des passions, qu'il nous fasse pleurer et qu'il nous
fasse rire. Il ne peut rendre la pensée que par la parole
ou par le geste, quand, dans la nature, la pensée est
tellement indépendante de l'un et de l'autre qu'ils ne
servent trop souvent qu'à la farder. Basée sur un tel
procédé, sa psychologie ne peut donc pas être parfaite,
comme je le supposais, il lui manquera toujours les
détails dont l'enchaînement explique seul les actions
diverses, elle pourra être vraie, elle sera toujours
conventionnelle et incomplète.

Le livre au contraire est l'œuvre d'art par exellence
Plus général que la création plastique, qui ne peut
représenter que des formes simples, d'un contour ou
d'un relief précis, plus déterminé que la composition
musicale qui n'exprime que des états d'âmes vagues
et indéfinis, il peut seul, par son universalité, nous
donner une analyse morale complète, exacte et profonde à la fois. Vouloir faire un drame du livre est
donc vouloir sciemment mutiler l'œuvre d'art qu'on a
dessein de transformer. N'ai-je pas dit qu'enlever le

moindre de ses détails à la Beauté c'était la détruire?

Comment M. Samson n'a-t-il pas, je ne vais pas dire « compris » mais « senti » cela?... Comment n'a-t-il pas vu que la beauté de la forme, comme la profondeur de l'analyse, reposait sur ce procédé de détail que le roman naturaliste a adopté parce qu'il est le plus simple et le plus vrai? Comment n'a-t-il pas, à la première lecture de sa pièce, été frappé de la perte de tant de scènes grandioses ou exquises qui, sans toucher le moins du monde à l'intrigue d'*Une Page d'Amour* lui donnent cependant toute son originalité, tout son caractère.

M. Zola décrit. Comme certains le pensent, décrire n'est pas le procédé vulgaire qui consiste à jeter sur le papier sans ordre et sans suite, confusément, comme elles apparaissent, les images que l'on contenple, que le souvenir rend ou que l'imagination apporte. C'est un art, un grand art même. Avez-vous parfois étudié quelqu'une de ces gravures ou quelqu'un de ces dessins d'une finesse extrême que l'on trouve dans les anciennes collections ou dans les cartons des maîtres du siècle passé?... Le travail de l'artiste y est prodigieux. Le graveur ou le dessinateur ne peut pas, comme le peintre, se borner à la copie exacte de son modèle; il n'a pas, comme lui, les souplesses de la couleur qui suppriment souvent la difficulté du trait· Il faut qu'il saisisse nettement du regard le relief essentiel de l'objet à représenter, que d'un tracé de plume, d'une course de burin, il enlève un profil, donne à un visage sa vie et son expression. Je me

souviens avoir passé des heures entières dans l'admiration devant quelques-unes de ces planches où
l'artiste patient, sans négliger aucun détail pour composer et achever son ouvrage, ne s'arrête pas même
aux limites de son art. Impuissant à rendre les effets
des coloris naturels, il les interprète par une variété
infinie d'ombres et de clairs, de tailles et de teintes
qui sont des merveilles. (*)

Une page descriptive m'a toujours un peu donné
l'impression de ces gravures. L'effet matériel des deux
œuvres est cent fois plus discret que celui du tableau,
mais je le préfère parce qu'il laisse plus de place à la
pensée et à la rêverie propres. Dans le roman de M.
Zola surtout, les descriptions ont une simplicité et
une force à la fois que j'ai rarement rencontrées,
même dans les livres de ceux que l'on considère
comme les plus grands peintres de la nature. Chez la
plupart, la description est un ornement, un magnifique
décor apporté à la scène, un accompagnement majestueux ou alerte ajouté au thème principal pour l'am-
plifier et pour l'orner. Ils ne semblent pas se douter

(*) C'est dans les collections du XVIe, du XVIIe et du XVIIIe siècle.
parmi les planches exécutées d'après les premiers procédés que vous trou-
verez les meilleurs exemples. Voyez Callot (*L'Imprunéta, l'Histoire de
l'Enfant prodigue, les Misères et les Malheurs de la Guerre* — 3, 4,
6, 8, 9, 16 et 18 — surtout) pour le détail, les physionomies et les teintes.
   Pour bien vous rendre compte des effets différents, voyez au Louvre, *le
Jugement Dernier* de Cousin, le tableau et la gravure ; voyez aussi
Gérard Audran, *les Batailles d'Alexandre* et comparez avec les toiles de
Lebrun.

que tout leur art inutile, toutes leurs vaines splen-
deurs, n'égalent pas pour nous le charme de l'œuvre
simple et vraie, d'autant plus belle qu'elle nous rend
mieux nos impressions ou nos conceptions intimes.
Que nous importe un paysage si nous n'y trouvons
pas un sentiment?... Que nous importe la représentation de la nature, si derrière tous ses détails,
pour ainsi dire, nous ne sentons pas quelque chose
de vivant, d'éternel, d'absolu, une idée? Puis-je
éprouver la même émotion à la lecture d'une description de Paris, si je ne sens pas, comme Hélène,
que cette ville immense qui exulte, aime et souffre
tour à tour avec elle, est la grand image de la vie?...
Voilà toute la différence entre le Naturalisme et le
Réalisme, entre *Une Page d'Amour* roman et *Une Page
d'Amour* drame.

* * *

Enfin, comment M. Zola, lui, ne l'a-t-il pas compris.
Comment a-t-il laissé mettre à la scène, avec le titre
de son livre et l'appui moral de son nom une telle
pièce illogique et contraire à tout principe rationel
d'esthétique?...
Si M. Zola n'était pas lui-même, je pourrais croire
qu'il y a eu erreur. Souvent, l'artiste n'est qu'un
intuitif, qui ne raisonne pas, qui n'a jamais raisonné
son art. Il voit, il entend, sa sensibilité très fine
reçoit l'image, l'harmonie, sa pensée l'idéalise, l'idée
se transforme en mouvement, le vers se rythme, le

plâtre s'assouplit, les traits se dessinent, le thème se varie : l'œuvre est créée.

Il n'en est pas de même pour le romancier. Avant d'exécuter son œuvre, il doit avoir un plan tracé, des principes posés. Son livre ne doit pas seulement donner une impression de plaisir désintéressé ou de beauté matérielle, il doit répondre aux besoins moraux de ceux qui le liront, être avant tout le travail d'un esprit qui a longtemps étudié les hommes et veut leur rendre « ce qu'ils lui ont prêté. »

C'est bien là le cas de l'auteur d'*Une Page d'Amour*. Dans sa longue carrière, il est impossible de penser que cet observateur, qui est aussi un critique, n'ait jamais réfléchi à ces rapports très simples de la pièce et du roman et ne les ait pas compris.

A quelles causes donc a-t-il cédé?... Mon Dieu, je vais dire franchement ce que je pense. J'ai toujours considéré le maître naturaliste comme une âme faible, pleine de doutes et de défaillance. Dans celles des actions même de sa vie qui semblent indiquer le plus de fermeté et de persévérance, si l'on scrute bien, l'on ne trouvera au contraire qu'abandon et manque d'énergie morale, pour confesser une faute, par exemple, ou pour avouer qu'il a tort de poursuivre un but inutile à sa gloire et à l'opinion que la Postérité gardera de son œuvre...

Mais que m'attardai-je à ces misères!... Là n'est point le débat. Les gens sensés doivent passer au-dessus de ces faiblesses, saluer le génie qui conçoit la

Vérité et la Beauté et ne pas se soucier plus si M. Zola vend ses livres au *Gil Blas* ou se présente à l'Académie.

Avril--Mai 1893

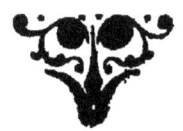

Note. — Cet article, paru dans *l'Avenir Artistique*, numéros d'Avril à Juillet 1893, attira à Maurice les remercîments de l'auteur d'une *Page d'Amour*.

L'étude sur *La Paix du Ménage*, qui devait faire suite à cet article, n'était pas écrit à la mort de Maurice.

L. C.
A. C.

PHILOSOPHIE

DANS LA RUE

I

Chacun a sa façon de flâner : Les uns, un cigare aux
lèvres, contemplent sournoisement les petites
ouvrières ; les autres vont rêver tranquilles, sur le
banc d'un square ; moi j'aime aller paisiblement,
regarder et penser.

Regarder quoi? — Tout : le gamin qui passe en
sifflant ; le vieux Monsieur décoré qui sépare avec son
jonc à pomme d'or, les chiens qui se battent sur son
chemin ; le commissionnaire et son immense pile de
boîtes ; l'ouvrier ; la cocotte ; en un mot la foule bigarrée,
rapide, étrange, qui va dans ce chez soi de tout le
monde : dans la rue.

Les anciens plaçaient la scène de leurs drames ou
de leurs comédies dans la rue. Mais, sans aller
chercher d'autres raisons, n'est-ce pas là que se passe
la vie même des hommes?... — Dans un salon, c'est
une société que l'on entend parler ; ce sont des marquis
ou des bourgeois. — Dans une mansarde ce sont des
gueux ou des malades ; — mais dans la rue, le riche
coudoie le mendiant, la cocotte suit la femme honnête,

le cambrioleur fait la nique au gardien de la paix. Tous vont, viennent, vivent, en un mot. — Nul ne se connaît. — L'homme est en face de l'homme et non pas un Duc à côté d'un Comte.

C'est donc dans la rue qu'est la vraie scène de la grande comédie humaine ; c'est là que l'on peut le mieux observer ses acteurs et comprendre leurs actions.

Les hommes passent. Où vont-ils? — Tous, et sans s'en douter, au même but : seulement ceux-ci en sont plus proches et ceux-là plus éloignés. Les uns ont des cheveux blancs, les autres des boucles blondes ; les uns sont graves et recueillis, les autres gais et insouciants.

Et leur gravité, de même que leur insouciance, vous font penser plus que n'importe quel livre de philosophie car ce sont des réflexions écloses naturellement dans mon cerveau d'homme que je fais et dont, à l'occasion, je saurai tirer profit.

II

Voyez dans la campagne : tout est ordre et harmonie. Les nids se taisent quand les arbres n'ont plus de feuilles ; le laboureur se découvre et prie quand sonne l'angelus de midi ; quand vient le soir tout s'apaise et s'endort. — Ainsi tout suit la règle tracée par la nature. Dans la rue, c'est tout le contraire. Hiver comme été, la foule accoutumée suit le trottoir accoutumé. Point de cloche qui vous rappelle *Celui* qui est au-dessus de nous. Partout le plaisir vous sourit et vous attire ; la nuit n'existe point, et, sans cesse, sous la clarté du soleil aussi bien que sous celle des globes électriques, le tourbillon humain va, court, s'enfuit, disparaît puis revient pour disparaître encore... dans la rue.

Cela a-t-il toujours existé? Dira-t-on : « Oui, depuis que l'homme a construit sa cabane à côté de la chaumière d'un autre homme, dans l'une, il y a pu avoir de la joie lorsque dans l'autre on pleurait.

Cela est-il un mal?...

Pour celui qui pense : Non, car il trouve là matière à observation.

Pour la plupart : oui, parce qu'ils se laissent entraîner dans le tourbillon et qu'emportés par ce flot toujours mouvant ils ne cherchent pas à l'expliquer; parce qu'ils voient et ne pensent pas et par conséquent ne retirent aucun fruit de ce qu'ils voient. Ils mangent, ils boivent et dorment, ils passent sur la terre mais n'y vivent pas car la vie n'est pas seulement l'existence matérielle, c'est encore l'existence intellectuelle. Ils n'ont donc que l'apparence de l'homme.

III

Dans la rue l'habit fait le moine. Allez donc distinguer quand passent un homme et une femme, le mari de l'amant et la vertu du vice.

— C'est là encore que l'homme étale son orgueil ; un homme ne se signerait pas dans la rue, il ne voudrait pas donner aux autres hommes le spectacle de sa croyance.

Chose étrange, on rencontre parfois des gens graves les lèvres serrées, baissant la tête. Ils souffrent. De longs sanglots les soulageraient ; mais ils les étouffent et souffrent mille fois plus : on peut appeler cela fermeté, moi je l'appelle orgueil.

A côté de ces tristes tableaux de la rue, il y en a de gracieux et de touchants. L'autre jour, je flânais comme à l'ordinaire, quand je rencontrai deux groupes qui me firent penser : Une mère donnant la main à un mignon baby et, plus loin, un vieillard courbé au bras de son petit-fils... Toute la vie était dans ces deux tableaux : Celui que la main d'une mère a guidé dans son enfance, devenu plus tard le soutien de sa vieillesse.

Ces pensées me vinrent en croisant ces deux groupes : au premier, je souris ; au second, je me détournai pour cacher mes larmes, car on ne doit pas pleurer... dans la rue.

Février 1892

DE L'ART & DES ARTISTES

DANS L'EVOLUTION DE L'HUMANITÉ

Je relisais ces jours-ci mon Labruyère, et je me souviens m'être arrêté au caractère de cet homme qui passe sa vie à voir, blanchit sous le harnais en voyant et meurt sans regrets parce qu'il a vu tout ce qu'on peut voir. Ce « spectateur » comme dit le philosophe, cet oisif dont l'on prend le visage « pour représenter le peuple ou l'assistance sur les almanachs », a été un inutile : il n'a rien fait de ce qu'un homme doit faire, ni rien su de ce qu'il devait savoir.

Ce portrait me fit songer. Il me revint en mémoire ce reproche d'inutilité que le vulgaire ou le savant même parfois, adresse à l'artiste qui passe sa vie lui aussi à voir, à rêver, sans rien laisser après lui que des grimoires informes, des plâtres effrités ou des ébauches flétries. Est-ce donc vrai, l'artiste est-il un inutile?... Ne fait-il rien pour la collectivité, celui dont la main ne sait que faire courir une plume, modeler de la terre ou manier un pinceau?...

Au premier abord la réponse semble évidente. Dans une société nouvelle dont toute l'organisation reposerait sur l'emploi des forces vives de chacun à la réalisation du bonheur matériel de tous, fatalement, l'Art doit périr. Qu'importe la Beauté à qui veut la Sagesse?...

Qu'importent au progrès et à la puissance de l'esprit humain les vers du poète, les mélodies du musicien, les images du sculpteur et du peintre?... Que l'activité dépensée jadis à ses œuvres vaines, se porte vers la Science, vers l'analyse incessante de la Nature qui seule permettra un jour à l'homme de tout savoir et de tout pouvoir.

Si l'on réfléchit cependant, l'on s'aperçoit bientôt que parler ainsi serait raisonner sans tenir compte de notre nature. Concédons-le, l'esprit humain est un miroir doué de conscience et de mouvement, il reflète l'Etre et ses rapports avec l'Etre, il n'atteindra sa perfection que lorsque l'Etre tout entier se reflètera en lui : la Vérité, terme de la science, est le premier but de notre vie.

Mais est-ce le seul?... Est-ce même le premier?... Ne dérive-t-il pas plutôt de ce besoin absolu propre à l'homme qui, vivant dans un monde où tout est relatif, instable et indéfini, cherche partout un rapport fixe, un équilibre et une fin?... — Savoir est neutre. La fonction essentielle de l'espit est de transformer l'idée en mouvement, la pensée en action, d'agir, en un mot et de créer. — Dans ces deux fonctions, l'esprit ne cherchera-t-il pas cette perfection qu'il a cherchée dans l'intelligence?... Le Beau et la Beauté, termes de l'acte et de l'œuvre, ne seront-ils pas deux mobiles éternels de l'activité humaine, au même titre que la Vérité?

Nous le pensons et l'ouvrage de l'artiste déjà ne nous apparaît plus seulement comme une vaine création. Nous voyons en lui quelque chose de plus qu'un fragment de matière vibrant ou harmonisé, nous sentons, entourant et dominant le poème, la symphonie ou l'œuvre plastique, quelque chose de noble et de grand, une idée : la recherche de la Beauté. L'Art ne nous semble plus un effort contingent et futile de la pensée : à côté des exigences corporelles l'homme a d'autres besoins, ceux de l'esprit, qu'il satisfait. L'artiste n'est plus un inutile. Il a un rôle dans la société, celui de récréer et de charmer.

Une dernière objection se pose. Récréer et charmer, dira-t-on, est-ce là le plaisir de l'esprit dont vous m'avez parlé?... N'est-ce pas plutôt le plaisir que la matière éprouve à contempler des lignes gracieuses ou à entendre des sons suaves et qui, depuis des siècles, nous a trompé? L'Art est une erreur qu'il faut rejeter comme tant d'autres. La perfection dans l'œuvre est l'Utilité et non pas la Beauté. Qu'avons nous faire du plaisir dans une société qu'il faut instruire et moraliser? Qu'avons-nous faire d'artistes débitant des folies dans un Etat où doivent seuls régner le Travail et la Vertu?...

Ce serait bien peu comprendre un raisonnement presque philosophique qu'avancer pareils arguments. Cela vaudrait à peu près le discours d'un homme qui demanderait à un mathématicien, à un géomètre par exemple, à quoi servent les déductions sur des figures ou des quantités n'existant pas dans la nature, ou bien qui s'appuierait de ce qu'en soi la plus élégante formule n'a aucune utilité immédiate pour en nier aussitôt l'importance et la déclarer sans valeur. L'étude des idées est une sorte d'algèbre. Pour pouvoir abstraire, généraliser, obtenir des formules, il faut commencer par dépouiller les termes de ce qu'ils ont d'universel et de commun.

Eh bien, cette Utilité que l'on dit être la perfection de l'œuvre est justement un de ces caractères que nous avons enlevés à l'Art, pour analyser ses principes premiers et son but le plus simple. Toute création humaine, artistique ou non, doit avoir une fin : l'inutilité est un monstre. Qu'ont donc d'incompatible d'ailleurs l'utile et l'agréable... N'est-il pas réputé sage au contraire, celui qui s'efforce dans tous ses actes de mêler l'un à l'autre dans la juste mesure, et n'est-il pas logique que l'homme ait joint cette recherche du plaisir — matériel ou moral, peu importe — à la peine physique de l'action de créer?...

Ce serait aussi bien mal concevoir cette société meilleure où vivra, si nos rêves sont réalisés, l'artiste de demain que la considérer — ainsi qu'on semble le faire en bannissant le plaisir — comme un amas de machines humaines courbées sur un labeur, soufflant et peinant sans trêve pour arracher à la nature, à la sueur de leurs fronts brunis, le pain qui doit les nourrir, le vin qui doit les désaltérer, la matière en un mot qui doit faire vivre la matière. C'est mal

comprendre le travail que le considérer comme cette
nécessité étrange et horrible qui force, dans nos temps
tels hommes à courir à demi-nus des jours entiers dans
des galeries souterraines pour gagner de quoi s'enivrer
d'eau-de-vie le soir, tandis que d'autres pour s'être
donné la peine de naître n'ont qu'à regarder les nuages
passer au ciel et les oiseaux voler. — Un tel travail
abêtit les individus, énerve les races et transforme une
société en une vaste ménagerie où chaque être,
chaque fauve, ne songe qu'à lui, qu'à boire, qu'à
manger et à dormir. Je le répète, l'homme est composé
d'une âme et d'un corps, il doit satisfaire aux exigences
de chacun d'eux, et quand l'Art ne serait qu'un
plaisir de l'esprit il doit survivre.

Il est plus. Jusqu'ici, nous l'avons dit, nous n'avons
considéré que l'art pur, l'art en soi. Si nous l'étudions
maintenant dans ses rapports actifs, dans son utilité,
dans son histoire en un mot, nous voyons immédia-
tement son vrai rôle, ce rôle qu'on lui reprochait de
n'avoir pas tout à l'heure d'instruire et de moraliser,
apparaître à nos yeux dans toute sa grandeur et dans
toute sa force. — Et nous comprenons l'avenir en
contemplant le passé.

Religieux à son origine, moral dans la seconde
partie de son développement, nous le voyons devenir
et tendre à s'affirmer à notre époque essentiellement
sociale. Les temps où l'imagination se laissait emporter
par les grandioses envolées des conceptions tragiques,
où la raillerie de leurs vices et de leurs travers suffisait
à donner aux hommes des leçons pour conduire leur

esprit et régler leurs actions sont passés. Les exigences de la vie matérielle, de plus en plus rudes, ont tué, dans notre cœur, ces élans spontanés de foi vive et d'enthousiasme qui inspiraient et consolaient les hommes des générations précédentes. L'idéal n'est plus qu'un vain mythe abandonné, comme tant d'autres. Un courant général et chaque jour plus fort entraîne notre pensée vers des fins nouvelles : nous sommes las d'errer de révolution en révolution, et de songe en songe ; il nous faut enfin un état de choses stable et définitif : nous avons assez rêvé, nous voulons savoir.

Nous entrons dans une période de recherches basées, non plus sur des conventions ou des idées acquises, mais sur l'étude exacte et approfondie de la nature. Délaissant les préjugés anciens, prenant pour premier but le réel et le vrai, l'art moderne se bornera donc à nous représenter ce qu'il peut seulement nous représenter : les actions extérieures et les discours des hommes, leurs mœurs.

Et quand la société nouvelle sera établie, quand les hommes, délivrés de leurs passions, et rendus meilleurs par le règne de l'Amour et de la Justice, vivant dans le travail et dans la vertu, pourront enfin se livrer en paix à la recherche de la Vérité, peut-être alors l'Art se transformera-t-il encore et deviendra-t-il, frère immortel de la Science, le grand mobile qui poussera et guidera l'Humanité vers les chimères poursuivies.

Octobre 1893.

RÉFLEXIONS ET MAXIMES.

Les Réflexions et Maximes que nous publions sont extraites d'un cahier qui porte pour titre : « *Notes.* »

Maurice venait de subir avec succès l'examen de la seconde partie du Baccalauréat. C'était au mois d'Août 1893, au lieu d'aller en vacances prendre un repos bien gagné, malgré les instances de toute sa famille, il voulut rester à Paris pour continuer à faire paraître l'*Avenir Artistique* et aussi pour préparer, à l'insu de ses parents, son Baccalauréat ès-sciences. C'est pendant les derniers mois de sa vie, qu'il réunit sous le titre de *Notes,* les Réflexions et Maximes qui suivent et qui sont telles que l'auteur les a écrites au cours de son inspiration.

L. C.

A. C.

Nous perdons chaque jour une somme de temps incalculable, dans l'oisiveté. Elle se compose d'une foule d'instants divers où nous n'avons le temps ni de songer à une œuvre capitale, ni de travailler à un ouvrage modeste. Pourquoi ne pas l'employer à noter, comme elles nous viennent, — quitte à les ordonner un jour, — celles de nos pensées qui nous semblent vives, originales ou profondes?

Août 1893.

NOTES

L'esprit humain est un miroir doué de conscience et de mouvement.

—o—

C'est le propre de l'homme d'esprit de ne s'ennuyer nulle part.

—o—

La vie est une saleté que chacun cache à son voisin pour que le mot de vertu ne disparaisse pas de la langue.

—o—

Le penseur : celui qui observe et qui juge, doit être misanthrope.

—o—

Il n'y a pas besoin d'être vertueux pour haïr le vice.

—o—

Le luxe est une emu.ation mauvaise, source de désirs charnels, d'envie, de haine, de debauche physique et morale.

—o—

Une tenue simple et décente est l'élégance d'une honnéte femme.

—o—

Un homme heureux est toujours honnête, il n'a que cela à faire.

—o—

Pourquoi se plaindre, pourquoi pleurer?... Souffrir n'est-il pas le sort commun?....

—o—

La mode doit être le dernier souci d'une jolie femme. N'était-elle pas jolie dans ses atours de l'an passé?...

—o—

·Vous regardez cette coiffure, Lyse, vous l'enviez... Pourquoi?... Allez, ma chère, un chapeau n'a jamais rendu une femme spirituelle....

—o—

J'ai souvent observé des petits enfants; je n'en ai jamais vus dont la physionomie annonçat la bassesse et la méchanceté. Bien des hommes pourtant, sont bas et méchants. Les vices doivent tenir de l'éducation.

—o—

Si l'on sait mal diriger les premiers pas d'un enfant, il devient boiteux en tout, au moins, marche mal. De même, si l'on ne sait pas guider les premiers efforts de son esprit, si l'on ne sait pas entretenir son entendement vif et son jugement sain, il devient pervers ou bête.

—o—

Une faute des parents de tous les siècles, est de laisser les enfants abandonnés à des domestiques qui ne prennent soin que de gagner leur salaire. Il faut former l'esprit en même temps que le corps, de peur de ne pas élever des hommes, mais des brutes.

—o—

Une des causes principales des bassesses des hommes est l'envie. Je crois qu'il en est de même pour les enfants. Bien des mères et le plus souvent des marâtres ont des préférences pour tel ou tel de leur fils. Rien ne contribue plus à rendre les autres défiants, haineux et sournois et cela pour toute leur vie.

—o—

Le luxe chez l'homme est une dépravation pire que chez la fille de joie qui se pare pour gagner sa vie.

—o—

Je n'ai trouvé dans Guy de Maupassant qu'un homme très malheureux qui n'a su se servir de son très grand talent que pour écrire des saletés, soutenir des paradoxes ou m'ennuyer de fadaises.

—o—

Je n'ai qu'une très grande admiration dans ce siècle, elle est pour M. Zola.

—o—

Les grands artistes n'ont pas d'école. Ils cherchent et expriment la Beauté telle qu'ils la comprennent et telle qu'ils la sentent.

—o—

La Beauté n'est pas seulement un rapport de formes, elle est aussi et avant tout, un rapport d'idées. La Vénus de Milo n'est qu'à moitié belle, elle ne pense pas.

—o—

Lorsqu'il s'agit de composer une œuvre, ce ne sont pas les sentiments les plus logiques que l'on doit lui faire exprimer, ce sont les plus humains. Phèdre nous émeut plus que Chimène. Nous nous contentons d'admirer l'héroïne, nous pleurons avec la « femme. »

—o—

L'homme est ainsi fait. Tout est relatif pour lui. Il ne comprend et n'estime son bonheur qu'à la vue de la misère d'autrui.

—o—

Le succès des charlatans auprès de la plupart des hommes s'explique par un reste, dans notre esprit, de cette naïveté des âges primitifs où l'on jugeait les gens sur la mine et sur les discours.

—o—

L'Art vrai n'est pas dans ces antiques madones aux longs doigts amaigris, aux formes émaciées et fausses, mais dont les grands yeux brillent d'une pensée intense; il n'est pas non plus dans ces éclatantes figures de Rubens qui vivent mais qui ne pensent pas; il est dans la communion intime du Beau moral et du Beau plastique, dans l'Immaculée Conception de Murillo, dans l'Apothéose d'Homère d'Ingres et peut-être dans quelques toiles de Delacroix.

—o—

M. C. F. est un de ces auteurs qui font bien de se démener et de se donner du mal pour que l'on parle un peu d'eux pendant leur vie, parcequ'on n'en parlera pas du tout après leur mort.

—o—

Oter le moindre de ses caractères à la Beauté, c'est prouver qu'on ne la comprend pas, c'est la détruire.

—o—

La copie ou l'imitation d'une œuvre est toujours inférieure à l'original. Dans la musique, on a osé deux fois adapter *Faust*. Les deux ouvrages n'ont de commun que le nom : l'un est une peinture d'amour, l'autre une envolée philosophique. Aucun des deux n'a la valeur du poème allemand.

—o—

J'estime La Bruyère et La Rochefoucault, mes deux meilleurs amis. Ils me disent la vérité.

—o—

Il y a des gens qui ont du talent qui ne s'en servent pas. D'autres n'ont pas de talent et écrivent quand même. J'estime plus les seconds que les premiers.

— o —

Le peuple français est le plus sot que je connaisse. Il a pris à tous les peuples ce qu'ils avaient de plus mauvais : Les sports à l'Angleterre, le militarisme à l'Allemagne, le protectionnisme aux Etats-Unis, la jactance enfin et la fatuité aux Espagnols et aux Italiens. Toute son originalité consiste à être beaucoup ce que les autres sont peu.

—o—

La postérité pensera ce qu'elle voudra de l'œuvre d'Alexandre Dumas le père. Si j'ai des enfants, ce sera dans les *Trois Mousquetaires* ou dans *Monte-Christo* qu'ils apprendront à lire. Les enfants ne peuvent pas « penser, » l'imagination est la première faculté que l'on doit s'efforcer de développer en eux.

—o—

Il faut bien peu connaître la vie ou bien peu la comprendre, pour trouver du plaisir aux œuvres de M. Georges Ohnet.

—o—

Banville fut un versificateur exquis, charmant, délicieux, mais bien agaçant quelquefois. Le calembour que je sache, n'a jamais été frère de la Grâce.

—o—

Quand je pense du bien d'une personne, je ne lui dis pas. Je ne parle que de ceux pour qui quatre lignes imprimées sont une consolation.

—o—

Quand un jeune homme a fini ses études, sa famille lui dit : « Maintenant Louis, il faut que tu te trouves une position... » Les gens du peuple, plus simples que nous, quand un gamin a son certificat d'études, se contentent de dire : « Allons, petit, il faut que tu gagnes ton pain. »

—o—

« Struggle for life » dit-on. — Je n'aime pas cette expression. Pourquoi considérer la vie comme une bataille de l'homme contre l'homme? Pourquoi faire de chaque être un ennemi, un monstre aux aguets qui guette son voisin au détour d'une rue pour l'étrangler? — S'il y a de ces fauves-là dans le monde, pourquoi ne pas songer qu'il y aussi des cœurs charitables et désintéressés. Pourquoi faire de l'exception la règle, du fait isolé, la généralité?... Il ne doit pas y avoir conflit entre les hommes qui sont tous frères et mortels.

—o—

La vraie lutte, dans la vie, ne doit pas être contre son prochain, mais contre soi-même, contre ses passions et ses mauvais instincts.

—o—

Le deuil est une superstition, un reste de paganisme conservé par nos mœurs chrétiennes. Le véritable deuil se porte au fond du cœur.

—o—

Pourquoi ces convois pompeux, ces dépenses sans nombre pour aller jeter le cercueil d'un homme au fond d'un trou?... Contient-il donc autre chose que des lambeaux de chair à demi corrompue et que les vers rongeront demain?...

—o—

Parny, pour moi, ne fut pas un malhonnête homme
comme M. S. Il ne tirait pas à cinquante mille exem-
plaires des ordures que l'on vend un sou.

—o—

De deux choses l'une : ou bien M. S. écrit ses contes
orduriers pour faire œuvre d'art et c'est un fort méchant
auteur, ou bien il les produit pour gagner de l'argent
et c'est un malhonnête homme.

S'il les écrit pour faire œuvre d'art, pourquoi donc
les vend-il trois sous?...

—o—

Une société où l'on laisse vendre librement, pour
le rut des éphèbes, le *Gil Blas* illustré et où l'on permet à la *Lanterne* d'insulter M. Jules Simon est une
société bien mal gouvernée ou bien corrompue. — Je
crois que la France est dans les deux cas.

—o—

Je hais le militarisme parcequ'il pousse des gens
instruits, au lieu de travailler au progrès de l'humanité, à travailler à trouver la forme la plus parfaite de
sa destruction.

—o—

Le général Doods qui a pris le royaume d'un prince
nègre est un héros; le gueux qui prend un pain à un
boulanger est un voleur.

—o—

C'était la robe du prêtre que l'on révérait autrefois,
c'est la livrée du soldat que chacun salue aujourd'hui.
Nos pères étaient superstitieux, nous sommes bêtes.

—o—

Le gouvernement du peuple par représentation simple n'est qu'une oligarchie déguisée.

—o—

Un député est un cinq centième de roi qui gagne ving-cinq francs par jour et que l'on peut mettre à la porte tous les quatre ans sans faire de révolution.

—o—

Il est étrange qu'il existe des pays sur la terre où l'on doive payer impôt pour respirer l'air du ciel qui n'est à personne.

—o—

On a tort de toujours reprocher la Gabelle aux mœurs de l'ancien régime. L'impôt actuel des Portes et Fenêtres n'est guère moins odieux et cent fois plus ridicule.

—o—

Dans l'état actuel de nos mœurs et de nos pratiques politiques, l'impôt n'est pas une chose injuste en principe. On n'en reconnaît l'iniquité ou la bêtise que dans l'application.

—o—

Dans une société bien organisée, il est impossible que l'impôt persiste parcequ'il est synonyme de capital.

Telle nation manque de routes, de ponts, de canaux, de chemins de fer, d'usines, qui tient en permanence trois millions de soldats sous les armes.

—o—

La seule objection sérieuse contre l'Internationalisme et la suppression des patries est qu'il y aurait quand même des querelles entre les individus, les familles, les villes ou les nations. Il semblerait que le mot « *Arbitrage* » n'ait aucun sens.

—o—

L'idée de Nation n'est pas l'idée de Patrie. L'une est simple et n'a rien de contraire aux lois naturelles, elle représente un groupe d'individus de la même race, vivant dans les mêmes mœurs et parlant la même langue, l'autre au contraire, est complexe et contre nature. C'est l'idée d'exclusivisme par excellence, celle qui fait qu'un peuple vit pour lui et chez lui sans se soucier ou en haïssant même ceux qui vivent à côté de lui et sans lui.

—o—

Il ne doit y avoir ni théocratie, ni monarchie, ni démocratie. Il doit y avoir le règne du Bien et de la Justice.

—o—

Il est absurde d'obéir aux hommes qui sont mortels. Les idées seules doivent nous guider, elles sont éternelles et ne changent jamais.

—o—

Ce n'est pas une utopie que de croire au règne du Bien. C'est un problème donné aux penseurs et que tout homme capable de comprendre et de raisonner doit chercher.

—o—

Nos fils, ni nos petits-fils ne verront peut-être pas l'Ere nouvelle, mais des hommes la verront sûrement un jour. Nier sa venue est nier que la vie humaine ait une fin, ce qui est absurde.

—o—

Je juge mieux un homme par ses lettres que par ses paroles.

—o—

Il est très rare qu'une grande intimité devienne une grande amitié.

—o—

La camaraderie est à l'amitié ce que le fer poli est à l'acier. Toutes deux ont le même éclat, mais l'amitié seule est forte et résistante.

—o—

L'homme livré à ses seules forces ne saurait vivre. L'existence de l'individu est essentiellement relative à celle de la société. Voilà pourquoi un homme égoïste me paraît un monstre.

—o—

Celui qui n'est pas capable de sacrifier ses plaisirs à l'œuvre qu'il a entreprise, n'est pas digne de voir ses rêves réalisés.

—o—

Dans l'art, comme dans toute entreprise humaine, la persévérance est la première condition du succès.

—o—

Celui qui change de rêve chaque jour et délaisse chaque matin l'œuvre commencée la veille n'est pas un vrai artiste : c'est un Bohème.

—o—

Il faut dans l'art comme dans la science, des principes et une méthode.

—o—·

Il ne suffit pas, pour que l'on adopte une doctrine
d'art, qu'elle vous semble logique et belle, il faut
encore, si l'on veut la propager, qu'elle ne choque pas
le bon sens du vulgaire.

—o—

La véritable beauté doit être à la portée de tous.

—o—

Un art qui ne s'adresse qu'au petit nombre n'est pas
un grand art : il est destiné à périr avec ceux qui l'ont
conçu.

—o—

On a beaucoup raillé le bon sens. Il n'en est pas
moins vrai que c'est lui ; et lui seul qui a fait justice
des fous qui, dans tous les âges, ont essayé de nuire
aux progrès de l'art par des conceptions extravagantes
ou hors nature.

—o—

Si les neuf dixièmes des Décadents et leurs adeptes
avaient le moindre talent, ils écriraient comme tout le
monde. Ils n'écrivent des divagations pompeuses que
parce qu'ils ne sont pas capables de prodnire des
ouvrages sensés et simples.

—o—

Il y a des gens qui se mettent chaque matin à leur
table en disant « Je vais faire des vers. » Avant le

déjeuner, ils ont produit un sonnet et il est bien rare qu'un rondeau n'ait pas été achevé entre le diner et le coucher. Chaque année ils publient un volume chez Lemerre avec douze lignes de préface de Coppée ou de Sully-Prudhomme. — Ces gens là sont heureux. Ils se croient de grands génies et ils font bien car il n'y a qu'eux à le penser.

—o—

C'est la paresse qui empêche souvent les hommes d'un esprit très fin ou très profond de devenir de grands artistes.

—o—

M. A. S. se croit, j'en suis sûr, un critique d'art très fin, quand il n'est, à la vérité qu'un descriptif très médiocre.

—o—

Le grand artiste est universel. Ce sont les petits talents qui ont des limites. Le génie comprend tout et conçoit tout.

—o—

La nature et le cœur humain sont des trésors de choses où l'artiste n'a qu'à puiser à pleines mains.

—o—

L'ennui est le désœuvrement de l'esprit.

—o—

Un portraitiste comme M. B. n'est qu'un mauvais photographe en couleurs.

—o—

Le portrait est, à mon avis, le genre où l'artiste doit
déployer à la fois le plus de génie et le plus de talent.

—o—

Les hommes passent. Où vont-ils? Tous et sans s'en
douter au même but. Seulement ceux-ci en sont plus
proches et ceux-là plus éloignés ; les uns ont des cheveux blancs, les autres des boucles blondes ; les uns
sont graves et recueillis, les autres gais et insouciants.

—o—

La simplicité est la première condition de la Beauté.

—o—

Pourquoi crier : A bas l'Allemagne !.. à bas l'Italie!..
Les gens qui habitent ces pays ne sont-ils pas des
hommes, comme les Français?...

—o—

Il est absurde de haïr en bloc tous les hommes d'une
nation, parce que dans leur nombre immense il est
illogique de supposer qu'il n'y en ait pas un au moins
qui soit bon et juste et que l'on doive aimer.

—o—

Je ne comprends pas pourquoi les Français haïssent
les Allemands parce qu'ils furent les vainqueurs en
1870. Les haïraient-ils tant s'ils les avaient vaincus?...

—o—

Celui qui accepte d'en déférer au sort des armes
pour vider une querelle est mal venu à insulter son
adversaire, si le destin lui est contraire. Il fait preuve
d'orgueil et de déloyauté.

—o—

C'est le succès qui fait les hommes célèbres. C'est le génie qui fait les grands hommes. C'est la chronique qui garde le nom des uns. C'est l'histoire qui redit celui des autres.

—o—

Le suffrage universel serait certainement la façon la plus logique pour une nation de se créer un gouvernement, si tous les citoyens qui votent étaient intelligents et instruits.

—o—

Je crois que la sagesse d'un peuple est proportionnelle à sa science.

—o—

Je préférerais mille fois, à l'heure actuelle, une nation dont tous les citoyens, laborieux artisans, seraient à même de comprendre et de discuter les lois de leur pays, à telle ou telle que j'ai sous les yeux, qui a des millions de soldats, de forts et de canons et qui se croit la première des républiques quand les deux tiers de ses habitants savent à peine lire, écrire et mal compter.

—o—

Je ne comprends pas bien, dans une République, ce que signifie ce terme de : Classes dirigeantes.

—o—

N'est-il pas ridicule de prétendre instruire les enfants en les envoyant à l'école de huit à treize ans, c'est-à-dire en cinq ans, lorsqu'on les retiendra trois ans dans une caserne?...

—o—

— Qu'apprenez-vous au régiment?

— A aimer la Patrie et à la servir... A préférer la
France à toutes les autres nations et à la protéger contre
ses ennemis, à combattre, à haïr les Prussiens, les
Italiens.

— Et vous trouvez ce rôle grand et beau?

— On m'a enseigné à l'école qu'il était noble et
sublime.

On vous a trompé. Pour quel que motif que ce soit,
aucun homme ne doit haïr un autre homme et faire
couler le sang est un crime!

—o—

Certains disent : « Tu aimes ta mère, n'est- ce pas? eh
bien tu dois aimer ta patrie qui est ta grande mère ...»

« Oui. Et je dois haïr les autres hommes qui sont
mes frères ! »...

—o—

L'homme passe la moitié de sa vie à attendre et
l'autre moitié à regretter d'avoir attendu.

—o—

Il n'y a pas de différence d'essence entre l'homme
et la brute mais une différence de degré.

—o—

Le Darwinisme ne me semble pas d'une logique
irréfutable. La similitude de deux objets n'implique
pas l'évolution de l'un à l'autre, mais plus simplement
une méthode dans le travail de Celui qui les a créés.

—o—

La notion des nombres multiples ne dérive pas de celle d'unité. Rien n'est *un* dans l'Etre. C'est plutôt la notion d'unité qui dérive par synthèse ou par analyse de celle des nombres multiples que donne l'expérience.

—o—

Un peut désigner l'Etre dans sa totalité ou dans la dernière de ses divisions sensibles.

—o—

L'animal sent mais ne comprend pas.
La raison est la faculté de percevoir les rapports.

TABLE

—

THÉATRE

CRITIQUES D'ART

PHILOSOPHIE

RÉFLEXIONS ET MAXIMES

Achevé d'imprimer
par Victor Rousseaux, Imprimeur
à Charleville (Ardennes)
le XVIII Octobre M DCCCLXXXXV

www.ingramcontent.com/pod-product-compliance
Lightning Source LLC
Chambersburg PA
CBHW061440030726
47503CB00005B/1506